ASCENSO AL MICTLÁN

POR:

JESÚS CONTRERAS AGUILAR

Esta es una obra protegida por derechos de autor, queda estrictamente prohibida su reproducción, publicación, venta o distribución sin previo consentimiento del autor, de lo contrario se procederá de acuerdo a la ley.

ISBN: 9798883706478

Sello: Independently published

COPYRIGHT ©

KDP EDITORIAL. ™

JAC PÙBLISHING. ™

ALL THE RIGHTS ARE RESERVED. ASCENSO AL MICTLAN 2023©. JESUS CONTRERAS AGUILAR.

ACERCA DEL AUTOR

Jesús Contreras Aguilar nació en Quitupan, Jalisco en 1997. Estudió Negocios Internacionales en la Universidad de Guadalajara, campus Ciudad Guzmán.

Actualmente trabaja como auxiliar administrativo y de contabilidad, además de que escribe novelas, cuentos y poemas para su página personal. Logrando de esta manera publicar una novela trágica titulada como Y ¿Sí hacemos un pacto?. Así como también una compilación de relatos y poemas titulada como Respira.

Instagram: @jesus_c_24. Página de Facebook: Solo un escritor.

Capítulo I. El nacer de una leyenda.

En una noche oscura, solamente resplandecida por los temibles relámpagos que azotaban el campo de batalla sin clemencia ni piedad, demostrando la furia de los dioses que demandaban sangre a como diera lugar. Los ojos verdes del jaguar resplandecían entre la oscuridad, tambores de guerra sonaban, aullidos y gritos retumbaban entre las montañas que rodeaban al gran valle, donde las chispas de las cuchillas de obsidiana se hacían notar, valientes guerreros yacían cercenados en la tierra y unos cuantos más con el último de sus alientos trataban de la gloria llevar a casa. Pero era una causa perdida, ni siquiera los más bravos tlaxcaltecas eran rivales para los feroces guerreros de la elite azteca. Pronto se vieron superados, algunos vieron su fin en aquel lugar y algunos otros fueron tomados prisioneros para después servir como sacrificio para el gran Huitzilopochtli, y en medio de un gran espectáculo en la capital ellos verían su final.

 Tezcatlipoca se encontraba lleno de dicha, pues sus tierras habían sido regadas por los ríos de sangre de valientes guerreros que inundaron aquel lugar.

El hedor a la muerte se apoderó del gran valle y Mictlantecuhtli quien gobierna el inframundo allá en el místico Mictlán, un gran festín se fue a dar.

Los grandes guerreros águila y jaguar se proclamaban victoriosos al entrar en la gran Tenochtitlán, gloriosos y llenos de júbilo ellos eran recibidos por toda la sociedad, mientras arrastraban como a perros a los maltrechos prisioneros que en un vil calabozo fueron a parar.

Entre ellos se encontraba Tenampi, un valiente y feroz tlaxcalteca, quien se negaba a ver su final y a sus amigos el trato de animar, pero ellos veían que ya todo estaba perdido, no había razón para mantenerse optimistas, pues en la gran pirámide a ellos los iban a matar.

Uno a uno les fue llegando ese futuro cercano del que ninguno podía escapar y su alma el poderoso Mictlantecuhtli vendría a reclamar.

Llegó el turno de Tenampi, rogaba a los dioses por una oportunidad, sabía que este no podía ser su final, estaba seguro de que tenía una misión importante en esta vida y esto no podía ser todo.

Lo prepararon y lo subieron hasta lo alto del templo mayor, donde el tlatoani, militares, sacerdotes y toda la población en general lo veían y estaban presentes para la ceremonia de sacrificio.

Entre cánticos, danzas y gritos de la multitud, Tenampi comenzaba a sudar y a temblar, pues, aunque lo creía imposible su vida parecía terminar.

Lo tomaron de pies y manos, él gritaba que no y temía por su vida, lo colocaron en la piedra del sacrificio y con la daga en mano el verdugo su corazón iba a sacar.

Cuando de pronto la tierra se sacudió, las plegarias de Tenampi habían sido escuchadas. La gente se asustaba, su verdugo la daga tiraba, aquel temblor no parecía césar y el sacerdote queriendo complacer a los dioses tomó la daga, en eso la tierra se sacudió con más fuerza y entonces comprendió el enojo de Tezcatlipoca.

Aquel hombre no debía morir.

El sacerdote le transmitió a la multitud los deseos de los dioses, y la tierra por fin se calmó. El tlatoani no estaba muy contento, pero aceptó la voluntad del mítico dios y a Tenampi la vida le perdono, lo mando a servir en el ejército como un tlamahih donde se encontraban más cautivos de los aztecas y era la clase más baja de los guerreros del gran ejército.

El gran imperio mexica se extendía por todo el valle y centro de la región, la tierra era muy grande, basta y generosa con el gran señor. Grandes pueblos fueron sometidos con un costo de sangre y muerte, mientras otros más humanos dejaban atrás la fiereza y solamente agachaban su cabeza ante el gran emperador azteca, pero esto no era suficiente para el gran señor, por lo que enormes incursiones y expediciones se llevaban a cabo de noche y de día para acrecentar el poderío azteca.

Saqueos enormes, tierras bañadas en sangre, hijas e hijos arrebatados de su madre, ya sea por el filó de la poderosa obsidiana o por el despojo hacia los placeres de la carne.

Cada día se abrían nuevos caminos, cada día se sofocaba una guerrilla, nuevos pueblos se unían, mientras otros se apartaban y contra el tlatoani atentaban. La guerra ya no les era indiferente, pues a través de ella su vida tejían.

Gloriosos guerreros morían en combate día con día, y unos cuantos nuevos de vez en cuando nacían para seguir forjando la grandeza de esta civilización, quien dio a luz al comienzo de una enorme y poderosa nación.

Tenampi grandes batallas libró y a todos con sus habilidades impresionó, era un gran guerrero, muy astuto y ligero, sin embargo, en la jerarquía nunca ascendió por ser un cautivo prisionero.

Esto no lo desanimó, a pesar de que extrañaba su casa, su familia y sus tierras, pero esto un día fue a cambiar pues Tenampi se enamoró de una hermosa chica de ese lugar y en una de sus muchas aventuras a su mujer embarazo.

Ambos pertenecían a lo más bajo de la sociedad y cuando el parto se complicó, a ellos nadie los auxilió y cuando aquel bebé por fin su primer respiro dio, su desangrada madre su carita acarició, mientras sus lágrimas derramó y de este mundo con una gran sonrisa partió.

Era una noche fría y en lo alto de un árbol lejano el tecolote cantó. Tenampi desconsolado gritó y gritó, enfurecido con la vida a todos los maldijo.

Aquel pequeño bebé lloro y lloro, hasta que junto a él una gran águila se acurrucó para darle un poco de su calor. Ahí Tenampi entro en razón y en su mente agradeció aquel regalo que la vida le dio.

Tenampi tomó a aquel bebé en sus brazos, acariciaba su delicada carita y en voz baja lo nombró Tlacaélel, mientras un gran trinar de aves se escuchó a su alrededor.

Sabía que sería difícil, pero estaba decidido a hacer de aquel pequeño niño, un gran hombre, así como su madre lo hubiera querido.

Tenampi no podía dejar de realizar sus misiones en el ejército y no había quien se encargará de aquel pequeño chiquillo, por lo que desde muy temprana edad se vio envuelto en la guerra.

El pequeño crecía, aprendía y grandes habilidades pronto demostraría. Sin ser ajeno a la guerra, su padre sabía que aquel pequeño en un gran guerrero se convertiría.

Un día en una de sus tantas misiones Tlacaélel se encontraba cazando en la selva, junto a su padre perseguía un jabalí, cuando de pronto el enfurecido animal decidió dejar de huir y atacar al pequeño, su padre lanzó rápido su lanza, pero este fallo y el enfurecido animal al niño tumbo, próximo a encajar sus grandes colmillos sobre aquel pequeño niño... De pronto el enfurecido animal sólo retrocedió, poco a poco aquel animal se echó para atrás y Tenampi al voltear vio tras de aquel chiquillo un enorme jaguar.

Se asustó, por su pequeño niño él temió, sin embargo, aquel felino de ahí se alejó así sin más explicación, su padre su lanza tomó y a aquel rebelde jabalí él cazo.

No sintió temor, pues sabía que su niño tenía una bendición.

Finalmente entendió cuál era su gran misión...

Capítulo II. Arco del entrenamiento en la academia del guerrero jaguar.

Tlacaélel creció peleando codo a codo junto a su padre, era un valiente guerrero respetado por todos los demás soldados, pues el muchacho estaba muy bien dotado y de ninguna pelea él se había rajado, nunca retrocedía y al enemigo sin importar lo peligroso que fuera, él lo abatía.

Bravo como un feroz tlaxcalteca, valiente, fuerte e inteligente como un buen azteca.

Su nombre pronto fue muy sonado por todo Tenochtitlán y temido por los distintos enemigos.

El chico denotaba gran talento marcial lo que enorgullecía mucho a su papá, sus hazañas llegaron hasta los oídos de la nobleza y una noche el tlatoani lo invitó a cenar. Feliz y orgulloso su papá lo acompañó, sin embargo, no lo dejaron pasar, pues al final de cuentas él solo era un esclavo más al servicio de Tenochtitlán.

Tlacaélel molesto a los guardias intentó golpear, Tenampi pronto lo detuvo, dijo que estaba bien, que estaba muy orgulloso de en quien Tlacaélel se había convertido y de que a pesar de todas las carencias con las que contaban, de la mala y triste vida que él le pudo dar, él ahora estaría ahí sentado con los altos mandos de la ciudad, así como él y su madre tanto lo habrían querido, no sabía cómo lo había hecho, tenía miedo de cuidar a aquel frágil e indefenso chiquillo, pero se alegraba de no haberlo echado a perder y haber criado a un gran soldado.

Las lágrimas rodaron en las mejillas de ambos y se dieron un fuerte abrazo, Tlacaélel le agradeció por todo a su padre y le dijo que en la carencia él encontró la fortaleza, agradeció por todas las enseñanzas que le había dado y el amor que le había brindado, ahora aquí estaba el resultado.

"Ve mi muchacho".

Tlacaélel procedió a entrar, mientras que Tenampi sentado por ahí lo iba a esperar.

Ante la nobleza fue presentado, le pidieron que contara sus historias de batalla y a todos asombraba con sus grandes hazañas.

Comieron, bebieron y se divirtieron.

El tlatoani se puso de pie, miro con firmeza a Tlacaélel y le dijo si estaba dispuesto a demostrar que era la gran promesa del imperio azteca.

Tlacaélel asintió con la cabeza.

Pronto le comunicaron que sería ascendido a guerrero jaguar, pero primero él se debía preparar.

Tlacaélel estaba muy contento y emocionado, pues era un paso más a eso que él siempre había soñado.

La cena terminó y todos partieron, Tlacaélel no podía esperar a contárselo a su papá, quien ansioso lo esperaba sentado debajo de un árbol.

Se encontraron y le dio la buena nueva, Tenampi no lo podía creer, saltaba y gritaba de felicidad, orgulloso de su muchacho lo invitó a beber, pues su pequeño en un hombre importante se había convertido.

Tuvieron una noche desenfrenada donde los soldados y lo más bajo de la plebe con él festejaron a las afueras de su humilde morada, las mujeres a él se acercaban, mientras él las evadía con la mirada, todos querían hablar y beber con él, pero aún no lo podía creer...

Tlacaélel nervioso acompañado de su padre llegó hasta a las afueras de la academia, donde tendría que pasar sus próximos años para convertirse en lo que tanto había soñado. Su padre triste pero orgulloso lo fue a acompañar, pues desde ahora aquí sería su nuevo hogar y siendo ya de distinta clase poco se iban a frecuentar.

Extrañaría las batallas juntos y lamentaba perderse todo lo que él muchacho estaba por demostrar, pero se sentía pleno por haber concretado su misión de vida al haber convertido a tan frágil muchacho que dormía en su regazo en un gran soldado.

Se despidieron y triste pero emocionado ingresó a aquel lugar.

Mientras Tenampi con la frente muy en alto volvió a su humilde hogar.

En la academia Tlacaélel era envidiado por los jóvenes pupilos que los grandes maestros instruían a su lado.

"Se dice que fue invitado por el mismísimo emperador".

"Mírenlo, ya por eso se cree superior".

Nenet "Pero se cuenta que si es un gran guerrero".

"Jaja ya salió el primer lame..."

"Cállate, yo solo digo lo que he escuchado".

"Ohhh miren el pequeño Nenet está excitado"

"Jajaja". Todos se burlaban.

Nenet los empuja enojado y se va de ahí.

Tlacaélel batallo en un inicio y mucho le costó, pero finalmente un amigo él hizo, su nombre es Nenet, lejos de envidiarlo él solamente quería aprender lo mucho que Tlacaélel tenía por ofrecer.

Era un chico bueno, aunque un poco ingenuo, él tendrá mucho que aprender si algún día quiere florecer.

En la academia los instruían día con día, largos y duros entrenamientos los jóvenes tenían.

El tiempo transcurría, mientras su amistad crecía y día a día juntos aprendían, pero Nenet seguido la regaría y Tlacaélel a su rescate siempre iría.

Risas y burlas, esas nunca faltaban, pero tendría que ponerse listo para sobrevivir en las batallas.

En las arenas de aquella escuela, la sangre de aquellos muchachos quedaría, pues combates casi a muerte siempre ahí se hacían.

Aprendían técnicas de combate cuerpo a cuerpo. Un guerrero jaguar en un arma blanca él se debía transformar, pues hasta con tres enemigos al mismo tiempo ellos debían acabar.

Era el turno de Nenet, pobre de este muchacho, pues en bola lo agarraron sin tenerle piedad, todo por ser amigo de Tlacaélel.

Muchachos envidiosos a golpes lo molían y él se trataba de defender, pero se veía superado por los envidiosos soldados. Tlacaélel enfurecido apretaba los dientes para poder contenerse, pues, aunque él quisiera los grandes maestros no permitirían que lo ayudara esta vez.

Nenet tira golpes a diestra y siniestra, pero son contra producentes, pues descuida su defensa y a él lo conectan, pronto se quedó sin fuerza y es donde su amigo entra.

Tlacaélel no se contuvo más y en medio de la golpiza fue a entrar, a su amigo lo tomó, con su martirio finalmente termino y con su otro brazo a sus compañeros fuertemente golpeo, no tardó en haber contestación y el combate de entrenamiento en una campal se convirtió, golpes y patadas volaban, los dientes caían, la sangre hacia ríos y de café a rojo la arena se teñía, sus compañeros eran fuertes, pero la valentía y coraje de Tlacaélel no tenía comparación, a pesar de que en número lo superaban a su amigo nunca soltó, evadía algunos golpes y unos cuantos le conectaron, pero el enfurecido Tlacaélel, a muerte a su amigo defendería, los maestros enfurecidos porque Tlacaélel las reglas rompió, interfirieron en tan intensa batalla y de una patada, a todos los pusieron a raya.

Todos quedaron asombrados con lo fuertes que son y a Tlacaélel en una cámara fría y oscura lo confinaron como castigo, pues fue como si el chico hubiera cometido un delito.

El maestro que hasta su celda de castigo lo llevo, le comentó que todo es cosa de superación. Quizá su amigo una batalla perdió hoy, pero esto haría que se volviera más fuerte.

"No hay lugar para los débiles". Su maestro replicó, allá afuera no hay quien detenga sus batallas, si no aprende y se hace fuerte, muy seguramente no sobrevivirá y muy pronto a él la vida le quitarán.

Tlacaélel comprendió que quizá si lo sobreprotegió y en vez de ayudarlo, quizá él le provocó un daño.

Se quedo un buen rato ahí solo, hasta que Nenet retorciéndose como una lombriz hasta su celda llegó, a su amigo agradeció, pero le dijo que no era necesario que interfiriera en aquella batalla, porque él tenía ya todo controlado.

Tlacaélel solo se rio y con su amigo platico, le planteo la idea que él pensó después de haber escuchado las palabras de su profesor y que quizá él lo sobreprotegió, Nenet su cabeza agachó y Tlacaélel le dijo que después de terminar sus pesados días en la academia, a él lo entrenaría y en un gran guerrero jaguar, él también se convertiría.

Nenet con una gran sonrisa acepto y de aquel lugar partió.

Al terminar su castigo él su palabra cumplió y poco a poco a su amigo instruyo en las ancestrales ciencias marciales que su padre a él un día le enseñó.

Sudor, sangre y mucho cansancio fue el costo para lograrlo, pues su amigo sin clemencia se puso a entrenarlo. Ejercicios para fortalecerse, prácticas de combate y pruebas para hacerlo más ágil, sufrió mucho, mal trecho y agotado quedo, pero sus sentidos agudizó, aquel entrenamiento funciono y en un gran guerrero él por fin se convirtió.

Nenet floreció y al nivel de sus compañeros él subió. Sus maestros aplaudían su gran dedicación.

En la academia no solo se entrenaba el cuerpo, también se entrenaba la mente y en las aulas de clases los jóvenes pupilos aprendían sobre leer códices, astronomía, matemáticas, espiritualidad y demás cosas importantes en la vida. No solo formaban grandiosos guerreros, también formaban grandes eruditos. Pues todo se trata del equilibrio entre el cuerpo, la mente y el espíritu.

Formaban personas sabias y muy bien balanceadas.

El balance lo es todo, recalcaban los sabios maestros. Pero este no es tan fácil de conseguir, pues a muchos les ganan las cosas mundanas y preocupaciones sin sentido, pero le dieron duro para poder conseguirlo.

Por fin se llegaba el día que estos chicos tanto esperaban, se les encomendó la misión de salir a buscar la mejor madera de su elección, encontrar la importantísima obsidiana que produciría las más feroces cortadas, así como otros elementos de su elección para hacer único y personal su tan anhelado macuahuitl, el arma que les traería gloria en sus cercanas batallas.

Todos los chicos salieron a buscar sus elementos, algunos buscaban artículos ligeros, otros resistentes y algunos otros llamativos, demostrando lo que a ellos más les interesaba.

Por su lado Nenet se enfocó en encontrar una madera ligera pero duradera, piedras de obsidiana pequeñas pero abundantes, además de algunas plumas de aves exóticas para adornar.

Tlacaélel por el contrario buscó una madera fuerte, resistente y pesada. Sus compañeros creían que sería contraproducente blandir un macuahuitl tan pesado, pero él confiaba en su fuerza y sabía que de un golpe bien acertado a su enemigo podría hacer pedazos. Se enfocó en buscar rocas medianas y resistentes, lo mejor en la obsidiana, también encontró algunas piedras preciosas como el jade.

Al final de la jornada todos los estudiantes volvieron a la academia entusiasmados por lo que habían encontrado, en la siguiente jornada los maestros especialistas en la construcción y confección de armas les impartieron, una increíble clase de cómo crear su letal arma que robaría cientos de almas.

Algunos necesitaban ayuda, otros demostraron grandes habilidades para tallar la madera y pulir la piedra hasta darle ese letal filó que tanto se necesitaba.

Hubo resultados buenos y algunos otros descomunales, se veían armas formidables, entre las que destacaba la de Tlacaélel quien incrustó el jade para formar un cráneo que claramente les mandaba un mensaje a sus adversarios.

Ya tenían sus armas, pero tenían que aprender a usarlas, antes de que eso pasara, los chicos tenían que estrenarlas, bañándolas en sangre de un sacrificio para que los dioses las bendijeran y su fuerza y fiereza a ellos les dieran.

Así que estando en lo alto la luna llena, salieron a cazar lo que cada uno pudiera encontrar, para en un ritual su primera vida con esta arma arrebatar.

Algunos cazaron y sacrificaron animales, mientras otros más malvados a algunos niños se robaron para después matarlos y entregarlos como ofrendas a su dios.

Sus manos se mancharon.

Fue una noche trágica, pero todos cumplieron con su misión y los dioses a ellos les dieron su bendición.

Por fin era hora de entrenar y su poderosa arma se enseñarían a usar.

Con una hermosa pero letal coreografía sus maestros los instruían a pelear, dejando a un lado sus sentimientos y blandiendo el arma con inteligencia, aquí demostraban todo lo aprendido y que realmente ellos tenían el equilibrio, que con sensatez y fuerza, las victorias a ellos los harían ver.

Se llevaron a cabo grandes demostraciones, por supuesto que hubo muchos lesionados, pero era parte de. Los valientes guerreros comenzaban a demostrar de que estaban hechos, en este punto ya se notaba la diferencia de combate entre un simple salvaje de rango inferior y un gran soldado que consiguió el equilibrio.

Ahora tenían luz verde para al ejército acompañar y adquirir sus primeras experiencias como iniciados guerreros jaguar, protectores de la gran Tenochtitlán.

Ahí fue cuando Tlacaélel finalmente se rencontró con su papá, en una misión lejana, contra los señores tarascos fueron a pelear, para una rebelión parar y hacerlos tributar al gran imperio de Tenochtitlan, su padre estaba sorprendido por el estado físico de su hijo, había cambiado tanto en este tiempo. Joven, fuerte, confiado y feroz, aquel joven ya no se parecía, ahora solo su nombre conservaba.

Mientras él cada día más viejo se veía, se notaba su cansancio, pero no había más, está era la vida que ellos habían decidido adoptar.

Honor y gloria le gritó a su papá, mientras se separaban para la formación de combate que iban a llevar.

Su papá como siempre en primera línea lo mandaron a atacar, mientras que el hijo en una formación especial se encontraba ya.

Nenet y sus compañeros destacaban al pelear, no había duda de que la victoria se iban a llevar. Formidables guerreros que no daban marcha atrás y paso a paso rompían la formación de los feroces y temibles tarascos.

Los aztecas demostraban su superioridad y a aquel pueblo rebelde poco a poco lo sometían.

Los cascabeles ya sonaban como serpientes enfurecidas y las flautas junto a los tambores anunciaban el deceso de los grandes señores que no entendían, el combate mantenían, estos no se rendirían pero su muerte en aquel campo encontrarían.

Pero Tlacaélel como siempre destacó aún más, pues contra varios adversarios el peleaba sin piedad, con su gran macuahuitl destrozaba cráneos, perforaba el tórax, y hasta los corazones sacaba con su fuerza y fiereza al pelear, el chico no tenía piedad, en sus ojos, sus adversarios veían su final.

Uno a uno a los tarascos de manera cruel y poderosa los mato.

El ejército azteca avanzaba, a las villas y pueblos entraban, los soldados más salvajes y de menor rango saqueaban y violaban como si no hubiera mañana.

El pueblo no lo soportaba, no tuvo otra opción y ante ellos finalmente se hincaron, el gran señor tarasco dejo atrás su orgullo y ante ellos se postro y lealtad incondicional les juro.

Pronto se corrió el rumor de que estaba de vuelta el renacido Tlacaélel, inundando con temor a pueblos contrarios, subyugando solamente con su presencia, pues atroces historias de batallas de él se contaban, y eso que su entrenamiento aún no se terminaba.

Después de que se contaran grandes leyendas sobre estos renacidos hombres y por todas las ciudades se escucharan sus nombres, ahora si estaban listos para demostrar de lo que ellos serían capaces, finalmente tendrían su prueba final, la que determinaría si realmente se convertirían en guerreros jaguar o morirían al intentarlo.

Cada uno fue lavado y purificado en un temazcal, ahí los chicos se relajaron, junto a los vapores de las hierbas reflexionaron y meditaron. Los vistieron de gala y los llevaron a un lugar especial, donde comieron y bebieron junto al mismísimo tlatoani.

Ustedes merecen todo esto y mucho más, espero que lo puedan disfrutar, pues de ahora en adelante ustedes quedarán a la merced de la ciudad e importantes misiones se les han de encomendar y estoy seguro de que ninguno las fallará.

Pero antes de eso, primero ustedes una última prueba deberán pasar y ahí demostrarán si son dignos de verdad...

De esta prueba muchos de ustedes quizá no volverán, pues en la selva al caer la noche, el gran Tezcatlipoca a ustedes los juzgará y con su mente él va a jugar, para finalmente en una muerte sangrienta acabar, si es que a este dios ustedes no le acaban de agradar. Pudiera ser una masacre o pudiera ser una dulce victoria, ustedes tienen el poder de su futuro poseer, pues en esta academia se les ha enseñado a ser fuertes no solo de cuerpo sino también de mente y espíritu.

¿Aprendieron bien estas enseñanzas? Su vida cuelga en una balanza, ¿hacia qué lado se inclinará más? ¿A caso ustedes encontraron el verdadero balance?

Con estas palabras del tlatoani a todos los hacía pensar y muchos estaban preocupados, ya que nadie les habló de este examen final.

14 hombres de pronto se convirtieron en niños asustados, muy fácil que se quebraron al saber que serían juzgados por un dios. Pelear y matar a un humano era una cosa, pero contra una divinidad no estaban seguros de poder lograrlo.

Al ver sus caras uno de sus maestros los alentó y les recordó que ellos ya no son simples salvajes y que recordarán su propósito.

La tarde ya caía en aquel lugar, una parvada de aves se escuchaba trinar, pero el canto del tecolote su sangre iba a helar.

Se les dio un momento de preparación y en eso Tlacaélel aprovechó para hablar con su amigo Nenet, le dijo:

"Recuerda todo lo que nos han enseñado, mente y cuerpo son uno solo, mantente calmado, no actúes con miedo o enojado, no pierdas energía pensando en cosas vanas, recuerda el estilo de pelea que te enseñe, fuerte y preciso. Tú eres fuerte Nenet, no lo dudes. Aunque te encuentres en peligro aférrate a la vida con uñas y dientes así como un jaguar lo haría".

Tlacaélel por fuera se notaba confiado, pero por dentro se sentía acabado, sin embargo, no se iría de este mundo sin dar una buena pelea, quizá no ganaría, pero sin unos buenos golpes el dios jaguar no se iría.

En cuanto la luna surcó los cielos encaminaron a los chicos hasta cierto paradero, donde se encontraban 7 cavernas distintas, cada cueva tenía dos caminos para entrar. El ambiente se sentía pesado y lucia aterrador, no se equivocaron los soldados al pensar que no serían rival para una divinidad.

El tlatoani les indicó que cada futuro guerrero jaguar debía elegir una cueva y tendrían que seguir un camino diferente al que su otro compañero eligió, pasarían de dos en dos a cada caverna.

Estaba claro que el primero en pasar tomaría la elección y el segundo solo se tenía que acoplar a lo que quedaba ya.

Todos miraban sus futuros caminos, algunos seguros y otros indecisos.

Tlacaélel sabía que debía actuar con rapidez y agilidad, así como lo hace un jaguar.

De pronto se dio la orden de comenzar y rápido todos corrieron para tratar de ganar el camino que tenían en mente.

El tlatoani estaba emocionado de poder ver quienes se convertirían en valiosos soldados, pero tenía una intriga con el joven Tlacaélel, pues de él suponía algo que quería comprobar.

Nenet trató de seguir a su amigo, pero la desesperación de sus compañeros por entrar, a él lo llegaron a empujar y dentro de una cueva fue a parar, no podía salir ya, el frío lo comenzó a cubrir y a lo lejos su nombre se clamaba ya con una profunda voz infernal, el chico no tuvo más opción que elegir por lo menos un camino, antes de que le quitaran también esa oportunidad.

Tlacaélel corría rápido y pensaba en cuál entrar, pero todos avorazados entraban ya, lo dejaron al final y ni siquiera pudo elegir qué camino tomar.

Los gritos se comenzaban a escuchar y un montón de huesos se escuchaban tronar al quebrarse.

Tlacaélel veía preocupado su destino.

En las cavernas los jóvenes pupilos se enfrentaban ya, a los miedos más profundos de su mente que el dios de la oscuridad hacía evidentes.

Llantos desgarradores se escuchaban fuera de las cuevas, gritos de auxilio se hacían notar, el mismísimo infierno vivían ahí adentro.

Los feroces guerreros poco a poco se desmoronaban, algunos no podían con el miedo, otros que habían superado su miedo y lograron avanzar, no podían después con el cargo de su consciencia, aquel dios quería ver quien realmente es quien se encuentra frente a él, disfrutaba torturándolos y poco a poco ir quebrándolos.

El viaje a lo profundo de Nenet había comenzado, entre sus miedos veía el no ser un buen soldado, lo atormentaban los recuerdos de todas las veces que falló, a su familia reclamándole el no haberlo logrado a pesar de siempre haberlo apoyado, envuelto en llanto como un chiquillo lloro y lloro, pero en eso por su mente cruzó el recuerdo de su buen amigo quien siempre lo apoyó y esto, un poco de confianza al chico le brindo y poco a poco lo reconforto.

Por fin se levantó, sus lágrimas se secó, tiro golpes al aire deshaciendo una densa neblina que aquel lugar tenía y el camino poco a poco se limpió, el chico prosiguió.

Para seguir siendo atacado por traumas de su infancia y miedos sin superar. Esta batalla interna aún no terminaba.

Pero poco a poco caminaba y trataba de avanzar.

Pronto sus deseos más bajos comenzaron a nacer, de aquella densa niebla empezaron a brotar. Oro, gloria, mujeres, un puesto de poder y a su lado una increíble mujer, todo lo que un hombre desearía tener.

Nenet alucinado sucumbía contra la tentación que el dios a él le ponía, su mente se oscurecía y de él brotaban sus más bajas y depravadas fantasías. El poder y la riqueza su corazón y mente habían corrompido, haciendo de él un extraño enemigo que con la sed de gloria, en su fantasía finalmente la envidia brotaría y en una impresionante y sangrienta batalla por el poder, Nenet a su amigo destrozaría en una espeluznante carnicería, su cuerpo cercenaría.

Ahí fue donde finalmente entró en razón y la fantasía se desplomó, pues al fin en cuenta cayó que por su amigo es quien es hoy. Entristecido y con los ojos claros fue a recoger a su compañero desmembrado, no creía lo que acababa de hacer, sus manos temblaban, su corazón lloraba y a los cielos él gritaba.

Desde el fondo él se arrepentía y de las tentaciones se alejaba, entre sus manos llevaba el arrepentimiento y la culpa que finalmente aceptaba.

No se lo esperaba, pero fue atacado por un feroz soldado, Nenet no tenía cómo defenderse, sin embargo, no permitiría que ese día a él le arrancaran la vida.

Se venia una épica batalla donde parecía que lo superaban, pero poco a poco tomó nivel y a la par de su contrincante él pelearía.

Nenet esquivaba el macuahuitl y a su enemigo se acercaba y a él conectaba con intensos y feroces golpes que en la humanidad del enemigo retumbaban, era un intercambio bestial, hasta que a su enemigo lo logró desarmar y a punto de dar el golpe fatal que daría final a la batalla, en el rostro de aquel hombre vio a Tlacaélel, imposible arremeter contra de él. Su cuerpo se tulló y al suelo él cayó, aquel hombre aprovechó y el macuahuitl en su cuello postró, Nenet con lágrimas en los ojos su final acepto, esperaba partir de este mundo, pues no esperaba traicionar a su amigo dos veces en un mismo día. El arma se levantó al aire y contra su humanidad se asestaba el fatídico final, pero en eso un jaguar saltó de las sombras y a aquel hombre devoró.

Nenet lloro y lloro, finalmente sus miedos, culpas y envidias él las acepto, con un acto de humildad el balance finalmente consiguió, tuvo su absolución y a pesar de todo un gran combate él dio.

Aquel dios jaguar lo aceptó, una vez tranquilo lo ayudó a salir, resurgiendo como un nuevo hombre de aquella extraña cueva. El viaje que emprendieron para todos fue diferente.

Tlacaélel por su parte cuando por fin se decidió y su camino tomó por aquel oscuro y húmedo sendero, a lo lejos escuchaba el llamar de aquel temible jaguar que con sus rugidos las paredes hacia temblar, la neblina llegó y en ella vio el momento en el que él nació y como es que su madre murió, toda su vida había cargado con esta culpa que pronto lo comenzó a torturar, sin embargo, el dios le hizo notar que esto así tenía que pasar. Una a una recordó cada batalla que libro, podía sentir todo el dolor que a sus contrincantes les causó y las heridas se abrían en su cuerpo, la sangre le salía, la carne se desgarraría con cada golpe fatídico que él en el pasado había dado, era agonizante todo esto que el muchacho vivía, ya no resistía y a pesar de tanto daño no moría, la tortura parecía ser eterna. Aquel dios jaguar con mano dura lo castigaría. Infinidad de veces fue golpeado, lacerado, desgarrado, desmembrado y apartado de su corazón que latía con rapidez aun estando en las manos de sus enemigos, todo sin él poder hacer nada. Tlacaélel ya no lo soportaba, a aquel implacable dios le suplicaba que a él lo perdonara o que de una vez por todas con su vida terminara. No hubo respuesta clara, hasta que poco a poco la fatídica tortura parecía terminar y a su mente lo invadió el recuerdo de como él siempre venció, aun cuando estaba en una situación de peligro o que lo desfavorecía, siempre los dioses a él acudían, nadie lo podría vencer pues desde su nacimiento recibió una extraña bendición.

Su ego se hinchó y paso a paso, por la caverna pasó, él no deseaba gloria y poder pues ya los tenía, sabía que la riqueza y todo lo demás, a él tarde que temprano llegarían.

Todo lo que quería era formar una bonita y numerosa familia, que de él descendieran impresionantes guerreros que el mundo entero temerían y respetarían.

Pero su mayor miedo lo encontró al estar en una intensa batalla, en su cabeza escuchaba como su corazón resonaba y sin poder hacer nada, vio como una flecha encendida atravesó el pecho de su padre, arrebatándole la vida y perdiendo todo lo que él tenía.

Su ego desapareció y la tristeza lo devoró, tomó en sus brazos a aquel flaco y demacrado indio, mientras su corazón se marchitó y sobre él lloro, era tanta su tristeza que ni Tlaloc lo aguanto y sobre aquella tierra también lloro. El tiempo se detuvo en aquel amargo momento.

Tezcatlipoca lo llamo, pero este no obedeció y junto al cuerpo de su padre él se quedó.

Pronto la ilusión desapareció, derrotado y con el alma vacía el chico continuó y finalmente al dios se encontró, ni siquiera lo reto, pues sabía que era un innato campeón.

Una voz con miles de ecos se escuchó "Cumple con tu destino".

Y todo aquello desapareció.

Tlacaélel con más dudas que con respuestas quedo, de la caverna salió y sorpresa se llevó al ver que solo 3 de sus compañeros sobrevivieron, los demás se encontraban tirados muertos en el suelo. Esto lo dejo impactado, pero pronto se alegró al ver a su amigo vivo.

El tlatoani a él se acercó y dándole unas palmadas en su cabeza le dijo "Sabía que tú no podías fallar".

Tlacaélel le pregunto a Nenet que había pasado cuando él entró, se puso nervioso, pero a su amigo a verdades a medias le contó, Tlacaélel también le contó su experiencia y dijo que estaba un poco confundido.

Nenet le dijo que estaba bendecido, que era como un dios y tenía que cumplir con una importante misión que era su destino.

Tlacaélel no lo podía creer y solo rio, pero sin olvidar lo que adentro vio.

Se hizo una ceremonia para honrar a los caídos, se levantaron altares y se organizó una gran celebración, donde finalmente Tenampi festejó a lo grande el ascenso de su hijo.

Se realizaron grandes eventos para celebrar su ascenso de los guerreros jaguar.

Se llevaron a cabo importantes juegos de pelota dónde algunos de los guerreros quisieron participar.

Grandes ceremonias con danzas y sacrificios en el templo mayor se realizaban ya, para que los dioses cuidaran de estos nuevos guerreros jaguar.

Festejos y diversión fueron los que se vivieron en la gran ciudad.

Capítulo III. Arco de la gran misión del jaguar.

Una vez nombrados y jurados como guerreros jaguar, los cuatro sobrevivientes fueron separados en distintos batallones para salvaguardar y honrar a Tenochtitlán.

Pasaron los meses y misión tras misión Tlacaélel la cumplía con honor, ciudades enteras temblaban al escuchar su nombre, con su sombra a pequeñas aldeas y grandes señoríos el cubrió, sin dejarles opción a todos sometió, pronto sobresalió entre todos los guerreros y un ascenso más consiguió.

Lo citaron a una reunión, pero esta vez fue diferente, no querían que con él fuera gente y lo citaron en un lugar especial, donde casi nadie podría llegar, pues era muy difícil accesar.

Extrañado Tlacaélel acepto y el día de la reunión ahí apareció, pero al llegar se sorprendió pues ahí ya se encontraban los altos mandos de la ciudad, además esta reunión era un poco peculiar ya que hasta los dioses se animaron a bajar, imponentes se hacían notar, Tlacaélel no tenía idea de que iba a pasar, pero su vida entera estaba por cambiar.

Ahí se encontraba el gran e imponente Dios jaguar quien te inmutaba con tan solo mirarlo.

La serpiente emplumada Quetzalcóatl también estaba presente, todos lo veneraban, pues este, grandeza denotaba, aunque se encontrara resguardado por una hermosa armadura dorada.

Huitzilopochtli irradia energía, su apariencia colorida lo hacía ver calmado, sin embargo, frente a sus ojos al Dios de la guerra tenían.

En el lugar a pesar de desolado estar, había demasiada seguridad, imposible que algún espía se pudiera infiltrar.

Tlacaélel se impresionó y aún más importante se creyó, ya que jamás había visto algo así.

La reunión comenzó y el tlatoani habló.

"Tlacaélel hijo de Tenampi y Yali tu presencia nos honra".

"¿Qué es lo que ocurre aquí? ¿Qué está pasando que hasta los dioses se vinieron a presentar?"

"Tranquilo, no comas ansias".

"Desde un inicio tú fuiste elegido, tu propia madre se sacrificó para traerte a este mundo, su vida por la tuya intercambio, ahora ella yace en el Cincalco mientras tú te encuentras aquí".

"Pero ¿por qué yo? ¿Por qué ella tuvo que morir?".

"Por la mezcla de tu sangre de un fiero y bravo guerrero tlaxcalteca combinada con la de una buena azteca, desde tu concepción se auguraba grandeza y no me equivoque al regalarte mi bendición para cuidarte pues cuantas veces han tratado de matarte, pero aquí estás y mira que impresionante guerrero has llegado a ser".

"¿Y si tenía tu bendición, por qué me abandonaste? ¿Por qué de mí no te apiadaste y una mejor vida junto a mi padre me mandaste?".

"Si soy el favorito de un dios, ¿por qué tanta miseria nos mandaste? Y a mi padre nunca perdonaste, pues como a un esclavo lo trataste a pesar de su esfuerzo y dedicación para engrandecer esta nación".

El gran Huitzilopochtli interfirió en la conversación y a Tlacaélel le explicó que todo en esta vida tiene una razón, aunque las cosas parezcan ir mal, siempre son para llevarte a un mejor lugar, al lugar exacto donde tú debes estar. "De lo malo tú muchacho aprendiste y de la carencia una fortaleza hiciste, de no haber llevado la vida que llevaste jamás habrías llegado hasta este lugar, tú vida entera iba a cambiar y tu misión jamás habrías podido completar. Tu padre quizá no lo merecía, pero de no haber sido así, jamás nos habríamos encontrado aquí, a él no le importó hacer ese sacrificio, pues mucho él quiere a su hijo".

"Las circunstancias de la vida siempre te llevan por el camino que debes caminar para tu misión de vida completar, aunque a veces se presente una dificultad o el camino parezca tener espinas, siempre por el debemos andar, no podemos tomar atajos o cambiar de ruta sin que la misma vida nos habrá ese otro camino, la vida es muy sabia y debemos aceptar la vida que nos tocó llevar, pues está nos va a forjar, para futuras peleas librar".

Tlacaélel agacha la mirada y pide perdón por el momento de debilidad y no le queda más que aceptar lo que acaba de escuchar, pues cierto es, ya que él está orgulloso de quien se vino a convertir.

Entonces bien, Tezcatlipoca vuelve a tomar la palabra y ahora si encara lo que todo mundo vino a escuchar.

"En los inicios del mundo en el océano primigenio se encontraba un monstruoso y maligno ser que creación tras creación que nosotros decidíamos tener, no los dejaba ser, pues en instantes él los acababa y sin más los devoraba, una y otra vez que se intentaba, hasta que junto a mis hermanos lo enfrentamos y en una intensa batalla con una factura muy alta finalmente lo logramos vencer, pero a pesar de nuestros esfuerzos Cipactli no murió pero atrapado quedó y con la furia de un millar de demonios planea su venganza, cambiando la balanza y acabando con toda esperanza, pues ni siquiera nosotros mismos pudimos del todo contra él*.

"Cipactli encontró a Kan un guerrero formidable que no nace en cualquier instante, ya que su mezcla de sangre es muy importante y no tan común, él, igual que tú es fruto de la sangre tlaxcalteca combinada con la azteca, dando como resultado a un impresionante ser, pues su padre fue uno de los más importantes guerreros tlaxcaltecas y su madre una bella doncella azteca, son los que le dieron lugar a que él naciera, pero a diferencia de ti, él si contó con grandes privilegios y nunca nada le faltó, sin embargo, lejos de ayudarlo el mal camino encontró y por ahí transitó hasta caer en las garras de Cipactli, quien lo cubrió con su oscuridad".

"Grandes guerreros hemos mandado, pero nadie le ha ganado, pues su fuerza y ferocidad no tienen igual. Por eso aquel día que tu papá clamó por una oportunidad, sin dudarlo se la quisimos dar, pues nuevamente la historia se podría dar y este asunto podríamos remediar. Por eso desde muy pequeño envuelto en guerra te viste, aprendiendo muchas cosas buenas de tu papá, instruido por grandes maestros aztecas hasta este punto llegar, donde solamente tú un igual de Kan, podría darle su final"

"Con que este es mi propósito, no he sido más que una marioneta encaminada para terminar lo que un día ustedes comenzaron".

"No Tlacaélel, tú naciste para tener grandeza y a toda la humanidad salvar. ¿A caso no ves lo importante de tu misión? Sin ti, nadie podrá vivir".

"Y por qué ustedes no se deshacen de ese dichoso Kan? Al fin de cuentas ustedes son dioses y él un simple mortal".

"No Tlacaélel, no es un simple mortal, posee habilidades que no tienen igual y amuletos encantados que no nos dejan nuestros poderes usar, nunca había visto nada igual, los talismanes y amuletos se dicen que están labrados en lo más profundo del Inframundo, llenos de una magia negra y antigua muy poderosa, fortificados con la sangre del monstruo primigenio, bañados en las aguas del gran mar primigenio y por eso es aquí donde tú tienes lugar, al nosotros no poder hacer nada, solo nos quedas tú, pues tu fuiste procreado con la misma mezcla, eres fuerte, fiero, inteligente y bravo como tu rival, aquí ni siquiera nosotros nos podemos comparar, tú eres el único que con esta pesadilla puede terminar". Estas palabras inflaron el agrandado ego del chico, pues siempre se consideró especial, pero nunca imagino que el nivel de los mismos dioses un día iba a sobrepasar.

Además, los otros valerosos dioses que en la reunión se encontraban discutían cómo este grupo de hombres, tan vulnerables los hacían parecer, esto les quitaba su prestigio y su credibilidad, les quitaba toda su divinidad y los hacían parecer como unos mortales más, por lo cual las personas no se debían de enterar, para no perder a sus fieles creyentes.

Querían mantenerlos contentos para seguir recibiendo sacrificios y seguir sintiéndose venerados y temidos.

Le contaron a Tlacaélel que Kan y sus secuaces que eran ejércitos enteros, recorrían el mundo en la búsqueda de ocho poderosos talismanes que traerían de vuelta al gran monstruo, a lo largo de los años ya habían encontrado 7, las oportunidades cada vez se agotaban más y no había tiempo para jugar, pues él se les debía adelantar y encontrar esa peculiar reliquia, para después traerla a ellos y ser destruida. De esta forma finalmente terminaría la batalla por la vida.

A Tlacaélel fácil le pareció la misión, más equivocado estaba pues esta gran batalla no se comparaba con ninguna que ya librara.

Finalmente, nueva gente entra al salón de la reunión, uno a uno fueron presentados, estos buenos soldados serían el equipo que a

Tlacaélel le había tocado liderar para llevar a cabo esta misión.

Entre ellos se encontraba Totahtze un chico nahual, capaz de manejar las artes oscuras y transformarse en un feroz perro-lobo. Su pelo era negro medio despeinado, no tan grande pero tampoco tan corto, sus ojos eran algo rojos y tenía tatuajes hasta en el cuello. También se encontraba Amali una guerrera mariposa muy servicial e inteligente, que innumerables veces a las tropas de Tenochtitlán había ayudado ya, era una chica muy linda y tierna de pelo entre rosa y morado, su cabello era adornado por un listón verde. Además de Xocotzin un poderoso guerrero águila que ha librado intensas batallas donde jamás se le vio perder, alto, moreno y musculoso, digno de la elite azteca. También se encontraba Axayacatl un mercenario otomí con mucha experiencia en misiones de inteligencia y extracción, su pelo era gris y sus vestimentas oscuras, con un aspecto misterioso que rodeaba su ser. Por último y no menos importante un formidable ejemplar de Xoloitzcuintle, quien se encargaría de ser su guía a través de la oscuridad a la que se iban a enfrentar.

Todos adulan a su nuevo capitán inflando cada vez más su ego, el cual ya estaba por los cielos y sus patas nuevamente tendrían que tocar el suelo, pero con este equipo pronto no iba a pasar.

El Xoloitzcuintle rápido se ganó un lugar muy especial, pues con todos quería jugar, a excepción de Totahtze a quien siempre lo miro mal y a mordidas lo quería acabar, persiguiéndolo por todo el lugar.

Los demás reían ya y pensaban que era porque dentro de Totahtze había oscuridad.

"No me agrada este perro pulgoso". Dijo Totahtze.

Todos se rieron y Amali replicó "pero si es un amor, ve como se le paran sus 3 pelitos".

Xoloitzcuintle una cara angelical realizó, antes de perseguirlo de nuevo por toda la habitación.

Mientras Totahtze gritaba y pataleaba al correr, hasta que finalmente en una gran mesa se subió y el Xoloitzcuintle ya no lo alcanzó.

Todos morían de amor, con tan juguetón perrito...

Una vez pasada la diversión se pusieron a hablar acerca de la misión, Axayacatl era quien tenía más que decir, pues desde hace un tiempo le sigue la pista a la gente de Kan.

"Tiempo atrás Kan y su gente fueron hasta los señoríos mayas para con ellos poder hablar y consultar una fecha importante en el calendario astral"

"¿Y qué fecha fue?".

"No lo sé, mi informante corto en esa situación se quedó, sin embargo, me comentó que ahora se dirigen hacia un gran cañón a través de las montañas que cubren al gran valle, donde se supone encontrarán algo valioso".

"¿Y tu informante es de fiar?" Pregunto Tlacaélel.

"Claro que si, en él podemos confiar, sé que nunca me fallará".

Totahtze replicó "Pero si él es como tú, ¿no se irá con el mejor postor?". Axayacatl se enfureció, golpeó la mesa y respondió "Si, un mercenario soy, pero en este caso mi lealtad no está en cuestión".

Totahtze arrogantemente sonrió.

Tlacaélel de la mesa se levantó y puso fin a la discusión, Xocotzin lo apoyó, mientras el perrito a Totahtze mordió.

"Ahhh!!I el nahual reparó del dolor".

Todos rieron con tal acción.

"Perro pulgoso, me la vas a pagar".

Tlacaélel puso orden y a todos ciertas tareas encomendó, desde conseguir armas, suministros, comida, medicina y agua para su gran travesía comenzar. Todos sin excepción se verían en el valle antes de que el sol saliera para empezar con su gran carrera a través de las montañas.

"Vayan a conseguir lo que les encargue y descansen muy bien".

Así fue, todos salieron del lugar siguiendo las órdenes del capitán.

Tlacaélel se llevó al perrito con quien jugó un ratito y después acurrucados los dos durmieron un poquito.

La hora citada se llegó y en las faldas de un río el equipo se reunió, llevaban toda la provisión, pero el tlatoani en el palacio los citó para darles algunas cosas más que serían necesarias para esta gran misión.

El guerrero águila dijo que no había tiempo para perder y el nahual lo apoyó.

Decía que entre más tiempo perdían el enemigo más fuerte se hacía.

Esto hacia sentido en la cabeza de Tlacaélel, quien decidió que ellos dos junto con Xoloitzcuintle se adelantaran y fueran viendo el panorama.

Esto a Totahtze ya no le gusto, pues pensó que mandó al perro solo para molestarlo.

Pero no fue así, el perrito los cuidaría y guiaría entre la oscuridad con la que posiblemente se encontrarían.

Amali le dijo a Totahtze que esta era una oportunidad para agradarle a tan bonito animal.

El nahual descontento tuvo que aceptar.

Axayacatl les compartió la información de a donde tenían que ir para que pronto pudieran partir. Mientras que Amali, Tlacaélel y él iban al palacio a encontrarse con el tlatoani.

Y así fue, en sus grupos de 3 partieron cada equipo por un diferente sendero.

Al llegar al palacio real se encontraron con que el tlatoani no estaba, había dejado su morada desde antes que ellos llegaran.

Tlacaélel moría de desesperación, caminaba de un lado a otro por todo el palacio, no podía creer la impuntualidad del tlatoani. El tiempo avanzaba y nada que llegaba.

Tlacaélel decidió que era momento de irse, no podían dejar a sus compañeros solos en una misión tan importante.

Axayacatl por el contrario quería quedarse, pues en esta batalla podría hacer la diferencia contar con objetos especiales que quizá era lo que el tlatoani les quería dar.

Tlacaélel le dijo que entonces él y Amali esperaran, él seguiría a encontrar a sus camaradas.

Amali dijo que lo acompañaba, pues podría serles de utilidad si algo malo pasaba y a alguien herían.

Tlacaélel aceptó y junto a ella partió. Axayacatl después los alcanzaría.

El guerrero águila y el nahual adelantados ya iban, y las grandes montañas Xoloitzcuintle muy inteligente a través de una red de cavernas los llevaría.

Tlacaélel y Amali el sendero comenzaban a subir, entre resbalones y arañones, poco a poco avanzaban, pero la tormenta los alcanzaba y hacia más difícil la hazaña.

El viento soplaba y soplaba sobre aquellos riscos nevados y Tlaloc su furia desataba como si el final se acercara y no fuera a haber un mañana.

Amali se resbalaba, contra el inclemente clima ya no podía la muchacha. Tlacaélel lo intentaba, pero con el mismo resultado se encontraba.

El ambiente era gélido y hostil.

"No podemos seguir así, tenemos que encontrar un refugio".

"Estoy de acuerdo contigo, yo ya no puedo seguir adelante".

Entonces Tlacaélel pelo bien los ojos y al costado en una montañita encontró una angosta cueva.

"Ven, vamos tenemos que subir".

Ellos intentaban escalar, pero el potente viento los echaba hacia atrás.

Tlacaélel alcanzó unas rocas que lucían muy firmes y de ahí fuertemente se agarró, con su otra mano a Amali tomó y al intentar subirla, la piedra se resbaló, a Tlacaélel un fuerte golpe en la cabeza le dio y Amali hasta el suelo cayó.

Amali se rio y se rio.

Tlacaélel su cabeza tallo.

"Así no vamos a poder".

Tlacaélel la subió a sus hombros y con fuerza la empujó, la chica de panza cayó, pero finalmente lo logró.

Ahora Tlacaélel no podía subir, el inclemente viento parecía arrastrarlo.

Más no se iba a dejar vencer y poco a poco comenzó a ascender, Amali la mano le dio y con un fuerte jalón, este encima le cayó.

Frente a frente se miraron, Tlacaélel chiveado en segundos se paró, la chica sonrojada quedo, más ninguno de los dos dijo nada al respecto.

Finalmente, en la cueva la tormenta veían pasar, Tlacaélel estaba preocupado por sus compañeros, pues no sabía si ya habían cruzado o si el inclemente clima los había atrapado.

Más ellos nada podían hacer pues no había a donde más correr.

Amali se acercó a Tlacaélel y su cabeza acarició, el chico para atrás se echó y ella le dijo que solo buscaba curarlo, pues tremendo golpe la roca le había dado.

Él dijo que estaba bien, pero Amali insistió y después de un rato él se dejó.

Amali con cuidado y delicadeza lo trato, Tlacaélel agradecido quedó.

Las condiciones del tiempo no mejoraban, por lo que ambos comenzaron a platicar y a conocerse un poco más.

Amali se sorprendió con lo que el chico le dijo y ella pensó que realmente si se trataba de un dios.

Por su parte la historia de Amali a Tlacaélel conmovió, pues esta chica siempre al prójimo ayudó, sin importar la situación. El tiempo pasaba y más y más charlaban.

Y al estar en estas gélidas montañas el chico recordó una historia que su papá siempre le contó.

Amali muy atenta lo escuchó.

"Allá en el señorío tlaxcalteca un valiente y fiero guerrero existió, más un día de la princesa se enamoró. Su papá el gran señor no lo acepto, a pesar de que se trataba de un conocido y prestigiado guerrero, por lo que se negó a darle su mano, en vez de eso a una misión suicida lo mando, si la completaba la mano de la chica sería suya, pero no había manera de que esto pasara. Aquel soldado aceptó y pronto partió a la misión, pero está se alargó y algo malo sucedió, su compañero cobarde de la batalla huyó y mentiras les echo en cuanto llegó al reino. Su amada no podía creer que su amado en esa batalla murió, su padre ya se lo esperaba. Pero esto afectó tanto a la muchacha que de tristeza murió y en ese momento su amado llegó habiendo completado la misión, todos se sorprendieron al verlo llegar y al compañero desertor lo fueron a castigar. El valiente guerrero el cuerpo de la princesa se llevó y entre las montañas un altar le hizo, ahí se postró junto a ella y por siempre la cuido.

Los dioses se compadecieron de ellos y petrificados en grandes montañas los convirtieron y juntos el uno con el otro siempre estarán, sin importar lo que llegue a pasar, el uno con el otro siempre estarán por toda la eternidad.

A Amali sus ojos se le rozaron, no podía creer lo cruel que los humanos podemos llegar a ser, pero sin importar eso, el amor y el bien siempre logran vencer.

Tlacaélel no estaba muy de acuerdo, pues la vida siempre es muy injusta con quien menos lo debería de ser.

En eso la tierra se comenzó a sacudir, pisada a pisada la tierra vibraba.

Un gigante se acercaba, Tlacaélel blandió su macuahuitl, mientras el gigante un golpe a la tierra asesto, era tanto el poder que a los dos los hizo caer.

Tlacaélel pronto se incorporó y como pudo brinco dándole al gigante un gran golpe que con su mano este cubrió, y con la otra fuertemente lo golpeó.

Tlacaélel mal herido en el suelo se encontraba, Amali con una flecha envenenada al gigante le dio, pero su tamaño era tan impresionante que no le hizo mucho efecto, ella pronto otra flecha tiro, pero el gigante furioso contra ella arremetió.

Tlacaélel enfurecido contra él se dejó ir, golpe tras golpe le desgarraba la piel y aquel enorme hombre más bravo se puso y con el puño a aplastarlo se dispuso, Tlacaélel con su enorme fuerza su gran mano sostuvo, mientras Amali más flechas lanzó, el gigantesco hombre se molestó y de nuevo contra ella asesto.

Esta solo grito del dolor, Tlacaélel a aquel hombre no podía contener, pero intentaba golpe tras golpe atinándole con todo su poder, pero no causaba ningún estrago.

Tlacaélel pronto impotente se sintió y golpe tras golpe el gigante contra su humanidad arremetió.

De pronto el gigante se comienza a tambalear, parece que finalmente el veneno lo empieza a afectar. Tlacaélel aprovecha y a través de sus piernas y espalda por él escalo, el gigante trataba de quitárselo, pero no lo alcanzaba, parado en sus hombros saca una daga, empuñándola con las dos manos con gran fuerza en la cabeza la clavaba.

El gigante grito de dolor, pronto se sacudió, agarro al muchacho y contra la nieve lo tiró.

Amali más flechas lanzaba, mientras el gigante cada vez más débil la golpeaba.

Amali resistía, hasta que con todas sus fuerzas el gigante la golpeó y está planchada en la nieve quedó. El gigante poco a poco se desplomó, Tlacaélel la consciencia recobró y empuñando su macuahuitl corrió y corrió, a través del gigante se subió, este se sacudió, pero no logró tumbarlo y Tlacaélel con todas sus fuerzas golpeó y golpeó, la obsidiana la piel con furia desgarraba, similar a una poderosa garra que todo a su paso arrancaba, hasta que la cabeza del gigante cerceno y este finalmente al suelo cayó.

Tlacaélel se tiró a la nieve y finalmente respiró, la pesadilla finalmente terminó, pero pronto recordó que su compañera quedó aplastada.

Fue y en sus brazos la tomó y sobre el piso seco de la cueva la tumbó, a ella se acercó y a su lado se acurrucó para darle un poco de su calor.

Amali comenzó a arder en fiebre, no parecía responder, Tlacaélel estaba sin saber qué hacer, entre las provisiones unas hierbas encontró y a esta un té le preparo, pero de nada funcionó, la chica no despertó.

A lo lejos entre la gruta de la cueva se escuchaba un aullido feroz.

Tlacaélel maldijo que fuera a pasar otra vez y su macuahuitl tomó, aquel lobo con rapidez se acercó y en cuanto salió un intenso golpe lo recibió, el lobo voló y retacho contra la fría y dura roca de la caverna, fue tan duro el golpe que Totahtze perdió la transformación. Tlacaélel la cabeza sorprendido se agarró, entre risas se disculpó, no sabía que se trataba de su compañero.

El Xoloitzcuintle pronto salió y feliz sobre Tlacaélel se lanzó, también apareció Xocotzin quien al ver a sus compañeros tirados se preguntaba qué pasó.

Totahtze se quejaba y la cabeza se tallaba.

"¿Qué fue lo qué pasó?".

Tlacaélel su macuahuitl escondía.

"Nada, nada él decía".

Mientras Xocotzin se reía.

El nahual se levantó y preguntó qué le pasó a Amali, ya Tlacaélel les contó la intensa y fatídica pelea contra del gigante.

"¿Gigante?" Totahtze asombrado preguntó.

"Sí, un gigante".

Totahtze replicó "Se dice que ellos fueron de los primeros hombres en habitar estas tierras, producto del incesto entre los dioses y su creación, pero se supone que hace siglos que se extinguieron".

"Pues al parecer no todos". Dijo Tlacaélel.

"¿Y sus restos en dónde quedaron?". Pregunto Xocotzin.

Tlacaélel los llevo hasta donde se encontraba tirado el resto de aquel ser.

La nieve de la tormenta ya lo cubría, pero asombrados ninguno lo podía creer.

"¿Y que tiene en la piel?". Totahtze preguntó.

Su mano el tallo, pero nada le quitó.

"Un gigante con extraños códices antiguos tatuados en su piel". Xocotzin dijo.

Nadie lo podía creer.

Xoloitzcuintle ladraba pues algo le pasaba a la muchacha, parecía que la batalla entre la muerte y la vida ella perdía y nadie la atendía.

Pronto corrieron hacia a ella y Tlacaélel entre sus brazos la tomó, le dijo palabras de ánimo, pero nahual le dijo que no funcionarían.

Entre los suministros busco y unas ramas sacó, con su magia las prendió y en el pecho a Amali se las puso, Tlacaélel horrorizado, detenerlo trató, pero Xocotzin lo calmo.

Pronto la chica gritó, hasta el perrito corrió y Tlacaélel un zape al nahual le dio.

Este se quejó.

Y la chica tosió y reaccionó.

Tlacaélel se disculpó con Totahtze y las gracias le dio.

La chica confundida quedó y preguntó si ya había acabado la misión.

"Cierto, la misión". Dijo Tlacaélel "¿qué fue lo que pasó?".

Le comentaron que todo fue en vano pues tras las cavernas viajaron, pero no pudieron salir, el clima no les tenía piedad e iba a ser imposible cruzar.

Xoloitzcuintle se alteró y hacía atrás corrió, pensamos que algo malo ocurrió y nos apresuramos a llegar.

"Les agradezco mucho, pero ahora que podemos hacer".

"A Kan debemos detener". Dijo Tlacaélel.

"Ya no hay mucho que podamos hacer, seguramente él ya se adelantó y lo que buscaba encontró"

"Es mejor regresar y enfrentarlo en otro lugar, aquí no podemos hacer nada". Dijo Xocotzin apoyado por Totahtze.

Mientras las condiciones mejoraban ellos ahí esperaban y cuando por fin la tormenta paraba se pusieron en marcha.

El terreno muy difícil de transitar quedó y les costó mucho tomar un buen paso.

Cuando por fin se acercaban a la tierra firme, se escuchaban tambores furiosos que clamaban guerra, silbatos de la muerte resonaban invitando a valientes guerreros a la gloria de la batalla, todos se preguntaban qué era lo que pasaba, se trataba de una feroz emboscada que los tlaxcaltecas planearon contra los sobrevivientes maltrechos del ejército azteca, que volvían a casa después de sofocar una fuerte rebelión contra los zapotecas.

Los pobres soldados se encontraban mal trechos, no tenían muchas fuerzas para entrar en batalla, pero del enemigo no se dejaban.

Pronto el equipo se une a la batalla, los tlaxcaltecas en número los superaban.

Tenampi cansado y destrozado a su hijo admiraba.

Tlacaélel cada golpe acertaba, uno a uno a cada soldado destrozaba. El guerrero águila atrás no se quedaba y con gran fiereza al enemigo mataba, Totahtze en un gran lobo se transformaba y con sus grandes dientes la piel de los tlaxcaltecas desgarraba, Amali con una daga los enfrentaba, valiente guerrera era esta muchacha.

Todos ayudaban mientras Xoloitzcuintle a lo lejos los miraba.

Los tlaxcaltecas reconocen a Tenampi, Xoloitzcuintle aullaba mientras el tecolote a lo lejos cantaba y una gélida brisa del campo de batalla se apoderaba.

Los antiguos guerreros del señorío tlaxcalteca a Tenampi lo creen un traicionero, por defender a un pueblo que no lo vio nacer y en forma de castigo deciden que este tiene que perecer.

Incendiaron una flecha y apuntaron a su corazón.

Tlacaélel sin darse cuenta seguía en esa batalla intensa donde parecía ganar, al enemigo esquivaba y con su macuahuitl con gran fuerza los impactaba, pero pronto su cuerpo comenzaría a temblar y su corazón lo podía sentir cada vez más al latir.

Tum-tum.

Tum-tum.

Tum-tum.

El tiempo parecía ir más lento y en eso aquel arquero lleno de sed de venganza sostuvo el aliento, suave, pero con gran precisión soltó la flecha del destino que entre el aire maniobro, sin fallo, atravesó ardiendo en el pecho de Tenampi.

Y así se cumplió el destino, justo como lo vio Tlacaélel en la cueva de aquel felino.

Todo termina donde comenzó, en las faldas de la montaña el tecolote canto y canto, en aquellas tierras fértiles del gran valle, un valiente, extraordinario e importante guerrero su vida perdió.

Capítulo IV. Arco del camino a la redención.

El corazón de Tlacaélel por segundos se paró, finalmente voltio y a su padre en el suelo muerto lo miro.

Tum-tum.

Tum-tum.

Frío aquel muchacho quedó.

Su corazón lento latió, algo en él se quebró y su rostro envuelto en lágrimas de un segundo a otro se tornó.

Tlacaélel gritó desde lo más profundo de su ser, con gran furia, que hasta a la tierra misma la hizo temer, cimbrándose ante su gran poder, la batalla se detuvo, Tlacaélel corrió hasta encontrar el cuerpo de su padre, destrozando a todo aquel que se pusiera en su camino.

El chico estaba deshecho.

Tlacaélel lo abrazó, su cansado y arrugado rostro acarició mientras sus amargas lágrimas derramó, acababa de perder todo lo que le quedaba a él, en el suelo se lamentó mientras a su difunto viejo acarició.

"¿Por qué? ¿Por qué tiene que ser así?". A los cielos gritó.

"Él fue quien me dio vida, me forjó y me llevó a ser quien soy, él no merecía este destino y ustedes bien lo sabían". Contra los dioses rabioso exclamó. La furia de él se apoderó.

Los tlaxcaltecas trataron de huir, pero este no se los iba a permitir, con rapidez y agilidad los siguió y uno a uno los cazó, el miedo en ellos se podía oler. Sin piedad los desmembró y su corazón se comió.

Tlacaélel en un feroz animal se convirtió, segado por la furia y la venganza no había quien le regresara la esperanza.

Hasta que Tezcatlipoca apareció y al muchacho abrazo, en su hombro se desahogó y por minutos lloro y lloro, la tristeza se apodero del ambiente, que Tlaloc lo acompaño en su gran dolor.

El hedor a muerte estaba muy presente en el ambiente, Mictlantecutli se acercaba ya para aquellas almas reclamar.

Aquel dios infernal se veía seducido por el alma de Tlacaélel, al muchacho se le trató de acercar, pero Tezcatlipoca lo puso en su lugar.

Mictlantecutli le dijo al joven que pronto se volverían a ver y esta vez no habría quien lo pudiera defender.

Tlacaélel se preocupa, por aquellas palabras del dios de la muerte. Pero el equipo se reúne ya y a Tenampi lo van a enterrar, en una hermosa ceremonia lo despiden y tiene un bonito funeral.

A sus padres Tlacaélel siempre los recordará, aunque ellos ya se encuentren en el Mictlán.

Era demasiada la tristeza, mas no había tiempo para perder, Totahtze le hace entender a Tlacaélel.

Kan cada vez estaba más cerca de su objetivo y a la criatura primigenia pronto la harían volver.

Tlacaélel triste y derrotado no le queda más que obedecer y cumplir con su destino.

Así el equipo vuelve a las andadas.

Por lo tanto, marcharon de Tenochtitlán, caminaron por días y noches hasta llegar a la mixteca donde supuestamente se encontraba el talismán.

Imponente se hacía notar la gran ciudad de Monte Albán, Tlacaélel y algunos miembros de la compañía eran admirados en aquella ciudad.

Se les trató de la mejor manera, finalmente pudieron comer y descansar después del gran camino que habían recorrido.

Juegos de pelota y sacrificios se realizaron en su honor, agradecidos y con el ego hinchado con el gran señor se sentaron a platicar, le comentaron que buscaban un mítico talismán y el señor de Monte Albán les habló de un templo a las afueras de la ciudad.

Nunca había escuchado de ese talismán, pero si ellos decían que en su ciudad se encontraba, seguramente que estaría oculto en ese lugar.

Era un templo abandonado pues nadie se atrevía a entrar y el valiente que decidía arriesgar su vida, de ese templo nunca salía con vida.

El equipo se intrigó por lo que podría encontrarse custodiando dicho lugar, Tlacaélel pensó que sería bueno hacer un plan.

El señor de Monte Albán se ofreció a darle algunos hombres para que los acompañaran en esta misión, pues no sabía que los asecharía desde las sombras, pero sabía que necesitarían ayuda.

Tlacaélel al principio se negó, pero después aceptó.

Esa noche descansarían en la ciudad para al amanecer partir a dicho lugar.

Al salir el sol la compañía partió hacia a las afueras de la ciudad, fueron guiados por los guerreros locales, mientras les contaban historias de lo que la gente contaba que se encontraba en ese lugar.

Escépticos pero temerosos siguieron avanzando, hasta encontrarse con un muy descuidado templo del cual la maleza y la naturaleza se habían apoderado.

"Aquí es".

Tlacaélel decidió encender varias antorchas antes de entrar al lugar y tratando de alumbrar, desde afuera quiso mirar, pero la oscuridad era inmensa y no le permitió ver nada.

Xoloitzcuintle valiente al templo entró, Tlacaélel temeroso lo siguió, pues él era su guía y así todos entraron al lugar.

Se sentía un frío intenso y muy húmedo se encontraba el lugar, a tropezones avanzaban pues aquel lugar estaba lleno de raíces que les enredaban las patas.

Xoloitzcuintle se entusiasmó y corriendo entre la oscuridad se adentró.

"Espera" grito Tlacaélel.

Trataron de correr detrás de él, pero pronto se encontraron con una gran cámara a la cual le entraba un destello de los rayos de la mañana.

Ahí estaba el Xoloitzcuintle y le ladraba a la nada, los demás no podían entender lo que pasaba.

Tlacaélel a todos lados volteaba, pero no veía nada, caminaron hacia el frente mientras Xoloitzcuintle no dejaba de ladrar, entonces frente a ellos una increíble bestia de colores apareció.

Nunca antes habían visto algo así, la bestia tenía cuerpo de un imponente felino combinado con un gran lagarto, también tenía unas grandes alas y una enorme cola de reptil. Era una bestia majestuosa pues su piel estaba cubierta de distintos colores vivos y radiantes.

Sí esta era la bestia que custodiaba el templo, seguramente el talismán si se encontraba en este lugar.

La bestia a ellos los olfateaba mientras hacía un peculiar ruido que jamás habían oído.

"Es un alebrije". Dijo Axayacatl.

"Alebrije". Todos contestaron.

Mientras la bestia ferozmente rugió y de nuevo frente a sus ojos desapareció.

A todos se les enchino la piel y no entendían lo que acababa de suceder.

Buscaron por toda la cámara del templo y nada encontraron, todos estaban extrañados por la vivencia que les había tocado experimentar.

Tranquilamente regresaron por el camino hacia la salida del templo, pero caminaban y caminaban, más a ningún lugar llegaban.

"Crggg".

Algo crujió en aquel lugar, con sus antorchas alumbraban el lugar tratando de ver qué era lo que pasaba.

Cuando de pronto uno de los soldados que los acompañaba se escuchó gritar, todos voltearon y solamente vieron su antorcha caer.

Espantados todos se acercaron y con otro siniestro crujido un soldado más desapareció.

Tlacaélel con fuerza tomó su macuahuitl y volteando a todos lados esperaba verlo venir.

Sin embargo, a Xocotzin fue a quien tomó, este gruñó y con fuerza su daga enterró sobre aquello que lo jalaba.

Axayacatl una sombra vio andar y contra ella se apresuró a atacar.

"¿Qué es esto?".

Totahtze se transformó, más sin embargo seguía sin poder percibir nada.

Un mar de sombras a ellos los ataco.

El guerrero águila con su fuego los quemaba, mientras su daga a ellos les clavaba.

Axayacatl a su compañero apoyó y lo mismo él replicó, vieron que esta era la manera de acabar con ellos y todos se unieron.

Una pelea contra la oscuridad comenzó y no fue nada fácil, pues de la nada aparecían y hacía al abismo a ellos se llevarían.

Con gran audacia Xocotzin y Axayacatl al margen de la batalla se mantuvieron y con una gran coreografía a sus compañeros salvarían y con estas sombras acabarían.

Todos corrieron a través del templo y de la nada se escuchó de nuevo ese peculiar sonido, el gran alebrije sobre sus cabezas planeo y hacia adelante voló.

Xoloitzcuintle tras de él corrió mientras ladraba y todos a él lo seguían.

Está majestuosa bestia por el camino en laberinto los llevo y hasta la salida los guio.

No podían creer lo que había pasado.

Pero de nuevo el talismán no habían encontrado.

La misión se había fallado.

Regresaron al gran palacio y mostraron condolencias al gran señor por la pérdida de algunos de sus soldados.

Él no mostró sorpresa pues sabía que de ese lugar nadie saldría, pero estaba asombrado de que ellos si lo hubieran hecho e intrigado preguntó por lo que había ahí adentro.

Tlacaélel y su equipo le contaron con lujo de detalle lo majestuoso de aquel increíble ser que a ellos los ayudó y de las sombras que los atacó.

El señor estaba asombrado con la historia y se sentía tranquilo de que finalmente el secreto de ese templo se había debelado.

Les ofreció quedarse ahí a descansar, les ofreció comida y un buen temazcal, Tlacaélel sabía que el camino sería largo así que acepto y a su equipo les dio un momento de relajación.

Axayacatl tenía nueva información y la corte del señor sabía rumores de el paradero de aquel talismán.

Así que al amanecer ellos partieron de la gran ciudad de Monte Albán.

De nuevo iniciaron la misión, pero no tuvieron suerte, siempre donde buscaban no encontraban nada. Pero por el camino conocían gente y estas les platicaban de lo que ellos sabían acerca de ese peculiar talismán.

Los rumores los llevaron cada vez más lejos, el camino a casa se veía muy distante ya y el fuerte sol abrasante tostaba su piel de bronce, grandes y distintos paisajes recorrieron y a mucha gente buena y trabajadora conocieron en su procesión por encontrar el siguiente talismán.

Pequeñas misiones hicieron en el transcurso del recorrido y a cuanta gente pudieron ellos siempre ayudaron.

En su peregrinaje por cumplir su misión se encontraron un gran lago que a lo lejos se veía rodeado de algunas montañas, era el cuerpo de agua más grande que habían visto en su vida, un gran bosque lo cubría, estaban muy lejos de casa, el clima y el ecosistema era diferente, a las faldas del gran lago de Chapala habían llegado, ahí se instalaron, pues Tlacaélel pensó que era un lugar seguro y fresco donde podrían descansar y asearse, mientras seguían en el peregrinaje por encontrar aquel ultimo talismán.

Levantaron su campamento, cazaron un gran y hermoso venado auténtico de la región, acompañándolo con vegetales que encontraron en su andar, un buen banquete se fueron a dar.

El equipo estaba muy feliz disfrutando del lugar, a aquel gran lago fueron a entrar, las aguas eran mansas, aquel parecía un desolado pero agradable lugar, no entendían porque aquí nadie se había venido a asentar.

Comenzaron a jugar en las aguas del lugar, cuando de la nada a lo lejos el guerrero águila a una hermosa mujer noto, impactado por su belleza él quedo y sin pensarlo a ella se acercó, esta con su gran belleza e increíble físico a Xocotzin sedujo, él a ella se acercó y sin pensarlo en unos instantes a él en el agua lo zambutió.

Axayacatl fue el siguiente, el nahual notaba la ausencia de sus compañeros y pensó en salir del agua, pero al voltearse frente a él estaba una hermosísima mujer desnuda que a él le sonrió, sorprendido y emocionado lleno de extasis estallo al ver a tremenda mujer, pero poco duro su emoción, ya que al lago adentro a él se llevó.

Xoloitzcuintle con ladridos y mordidas trataba de avisarle a Tlacaélel para que saliera del lago, pero este pensó que el perro solo estaba jugando y en el agua lo sumergió, le daba vueltas y con el pobre perro él se divirtió, sin embargo, este preocupado lo seguía intentando, pero Tlacaélel no hizo caso, a Xoloitzcuintle una gran ola lo revolcó y a la orilla del lago a él lo saco.

Entonces Tlacaélel de la revolcada se paró y frente a él a esta hermosa y desnuda mujer miro, no lo podía creer, era tanta su belleza que era imposible no sentir tentación hacía ella, de nuevo ella lo iba a hacer pero Tlacaélel de esto se percató y por su vida él lucho pero esta mujer su tamaño aumento y fácilmente a él también lo hundió.

Xoloitzcuintle por él lloro y Amali sola en el lago se encontró, todo fue en instantes por lo que ella de nada se enteró.

Aquella mujer a ella se acercó, Amali no creía la espectacular belleza que este ser tenía, sin embargo, por ella no se sentía atraída, hacia atrás la chica se echó, por lo que aquel ser sospecho que en ella no tenía su mismo efecto así que más grande ella se volvió, Xoloitzcuintle a ella brinco y con sus enormes dientes la mordió, esta se dolió y de un manazo al perro saco volando, Amali a la orilla nado y su arco tomo, lanzándole una flecha envenenada a aquella mujer, esta por fin se mostró y una gran cola de serpiente saco y con esta de la flecha se cubrió.

Amali se sorprendió con lo que era aquel ser, era la mítica Tlanchana, la sirena con cola de serpiente que se contaba entre las leyendas aztecas, pero ante ella no se inmuto y con su ataque ella siguió, la Tlanchana no mostro ninguna debilidad y ferozmente respondió al ataque

Su cola de serpiente como látigo la utilizaba y contra Amali arremetía con gran poder, Xoloitzcuintle por su cola trepaba y a ella morderla intentaba, pero con unas grandes garras la Tlanchana de Xoloitzcuintle se defendía, Amali aprovecho y el gran Macuahuitl de Tlacaélel tomo y por la cola de la Tlanchana trepo, esta de Amali se percató y fuertemente su cola chicoteo, Amali pronto voló pero de aquella cola se aferró, mientras Xoloitzcuintle un brazo a la Tlanchana le mordio, Amali aprovecho y alzo lo más que pudo aquel pesado macuahuitl y contra la cola de la Tlanchana asesto.

Ahhhhh esta de rabia y dolor grito, de nuevo su cola chicoteo y de una sarpada al perro tumbo, Amali voló pero en el aire sus flechas contra la Tlanchana lanzo, con su cola y brazos se cubrió pero más de una flecha a ella se le clavo, de nuevo Amali lo intento y con el gran macuahuitl un golpazo le aserto, de nuevo la Tlanchana se enojó y un fuerte latigazo a Amali con su cola le dio.

Esta mal herida cayo a las orillas del lago, Xolo a ella brinco y un mordidon le dio, pero ella fácilmente a volar lo saco, la Tlanchana su gran boca abrió y contra de él mordió, pero Amali una flecha en la boca le atino, la Tlanchana grito y enfureció, la flecha de ella desenterró y con su enorme cola a Amali y a Xolo aplasto.

Enojada y mal herida de ahí se alejó y nadando entre el agua se fue.

Amali herida y cansada con los ojos medio cerrados no pudo ver hacía donde se dirigía, sus ojos finalmente cerro y en la inmensa oscuridad ella se perdió...

En su rostro unas lambidas ella sintió.

"Xolo quédate en paz". Dijo Amali.

Pero seguía sintiendo las lambidas, hasta que finalmente los ojos abrió.

No conocía aquel lugar, era una gran ciudad con cancha para el juego de pelota, casa y templos ceremoniales, pero algo era raro y no cuadraba, pues los asentamientos y pirámides eran redondos, nada que hubiera visto así antes, ella se asustó, más noto que estaba a salvo descansando en un catre.

"Despertaste".

Miro a un señor, quien acariciaba y jugueteaba con Xolo.

"Dónde estoy?".

Descuida nosotros te rescatamos a la orilla del gran lago, ahora estás en Guachimontones.

Ella a él le conto contra lo que se enfrentó y que había perdido a sus compañeros de equipo.

La gente de la comunidad murmuro, ella pregunto qué fue lo que paso. A ella le contestaron que ya los perdió.

Mas ella se negaba, ellos le contaron que lo mismo sucedió con sus antepasados y por eso del gran lago se alejaron.

Pero ella no desistía y quería salir a buscarlos, a ella le advirtieron que sería bajo su propio riesgo, a ella eso no le importaba, así que pregunto donde podría encontrarla, a lo que los lugareños le contestaron que en medio de aquel gran lago existe una isla donde creían que aquella criatura vivía.

Sin pensarlo Amali y Xolo se aventuraron, los lugareños solo la cabeza agacharon, pero aquellos dos sin pensarlo de ahí se marcharon.

El recorrido era largo, pero su paso apresuraron y pronto se transportaron, de nuevo a las orillas de aquel gran lago.

Con unos palos Amali fabrico un tipo de chinampa y en ella por el lago remo,

Xoloitzcuintle al agua se aventó y sosteniendo con su boca aquella barcasa de palos con sus patas las impulsaba... Así pasaron un buen rato hasta que a lo lejos se veía una montaña que sobresalía del lago, sabían que se acercaban a los dominios de la Tlanchana.

De pronto en el agua comenzó a formarse un remolino, Xolo se aferraba con su mordida a la chinampa, Amali se agarraba de un bordo y con su otra mano ayudo a Xolo a subir. El remolino comenzó a llevarse la chinampa con su corriente, acercándolos cada vez más y más al ojo del remolino.

Amali y Xolo se abrazaron al casi ser tragados por este remolino en el agua... Pero en eso la gran Tlachana se levantó imponente de las aguas y con su enorme cola destruyo la barcaza, sacando a volar a los tripulantes.

Amali y Xolo cayeron sobre el agua, sabían que ese era su dominio y no podrían esconderse de ella, la Tlachana abrió su gran boca y de ella comenzó a salir un tipo de vapor que comenzó a formar una niebla densa en el ambiente, Amali no podía ver nada pero se guiaban por el instinto de Xolo, cuando de la nada salen volando grandes escamas en forma de dagas afiladas que arremetían contra de ellos, Xolo jalandola con su hocico, metió entre el agua a Amali para poder cubrirse, de pronto Amali saca la cabeza para poder respirar pero la Tlachana la esperaba y un colazo le da al agua.

Xolo y Amali son sumergidos con fuerza hacía adentro del agua.

Rápido Tlachana nada fácilmente en el agua y a estos dos con fuerza los arrastra hacía el fondo del lago.

Amali patalea por su vida y trata de zafarse del agarre de la Tlanchana, pero esta es muy poderosa y no la soltaría tan fácil.

Xolo la muerde con gran fuerza y ella grita y los suelta.

Rápido nadan a la superficie para poder respirar, pero son tomados de los pies y jalados de nuevo hacia el fondo, Amali patalea, ya no puede sostener la respiración.

Xolo de nuevo intenta morderla pero no puede.

El tiempo se termina y los dos se quedan sin aire.

La Tlanchana pensó que ya estaban desmayados y ya podría llevarlos a su hogar, para prepararlos y después devorarlos, velozmente nado hasta la superficie con ellos a cuestas. En eso Xolo da una gran bocarada de aire y a la Tlanchana le muerde la cara, ella se duele y los suelta, Amali no reacciona así que Xolo también la muerde a ella para que reaccionara. Amali abre los ojos y brinca gritando del dolor.

La Tlanchana de nuevo trata de agarrarla, pero Amali la esquiva, mientras Xolo de nuevo la muerde, Tlanchana enfurecida les lanza escamas afiladas, estos se meten en el agua para cubrirse, pero Amali es impactada en su brazo izquierdo por una escama, la chica comienza a sangrar, Tlanchana con su enorme cola los empieza a rodear creando de nuevo un gran remolino que para cuando finalmente estos dos quedan atrapados y oprimidos siendo aplastados por el gran poder y fuerza de la cola de la bestia.

Amali y Xolo gritan de dolor y Tlachana los aprieta con más fuerza, haciéndolos escupir sangre.

Xolo le muerde la cola, pero no logra nada pues la piel de la cola era muy dura,

Amali dislocando su brazo saca una de sus flechas y con todas sus fuerzas la encaja sobre la cola de la Tlanchana, jalándola hacia abajo para desgarrarla, por lo que ahora Tlanchana grito de dolor y finalmente a ellos los soltó.

Amali bravamente rápido acomoda su brazo, toma su arco y dispara flechas en contra de la bestia.

Algunas las esquiva, pero muchas otras a ella le atinan, el veneno comienza a correr por sus venas y el monstruo comienza a verse debilitado.

Sin embargo, esto no es suficiente para derrotarla pues ella se sigue defendiendo, nuevamente les avienta poderosas escamas afiladas, pero nadando bajo el agua los dos logran esquivarlas, como una enorme orca Xolo sale del agua brincando y con el hocico abierto muerde fuertemente a la bestia, grita y maldice en nahuatl antiguo, Amali de nuevo le lanza flechas impactando más que en otras ocasiones, causándole un mayor daño.

Enfurecida la Tlanchana de su boca escupe un enorme chorro de agua que hunde a los dos, pero repiten la misma técnica y asestan de nuevo con la misma serie de ataques, desesperada la bestia trata de huir, pero Amali seguía disparandole flechas, por lo que primero debía terminar con esa molestia.

La Tlanchana vuelve y con todas sus fuerzas da un latigazo a la aguas esperando finalmente aplastarlos y acabarlos, pero esta no vio a donde ataco y a estos dos solo grandes olas les toco, Xolo y Amali suben por su cola, Amali dispara flechas mientras lleva a rastras el pesado macuahuitl, Xolo con fuerza la muerde y la bestia esta indefensa sin poder hacer nada, por lo que Amali aprieta el paso y con gran fuerza da un salto levantando en alto el gran mazo, la bestia levanto su brazo tratando de protegerse la cabeza pero fue en vano porque el golpe iba con poderosísima fuerza, la obsidiana fácilmente atravesó el brazo encajándose en la cabeza de aquel inmenso ser, que se retorcía del dolor y se negaba a perder su vida.

Con el macuahuitl incrustado en su cabeza fuertemente se sacudió y a los dos los aventó, con su cola los golpeo y escamas les aventó, pero estaba tan débil que mucho daño no les hizo, por lo que Amali de nuevo sus flechas lanzo, impactando el frágil cuerpo de la bestia, Amali nado rápido y con fuerza tomo el macuahuitl, jalándolo con toda la fuerza que le quedaba, la bestia gritaba de dolor mientras la obsidiana iba desgarrando su hermosa piel y partiendo a la mitad esa hermosa y angelical cara que a todos encantaba, este parecía ser el final de esta sirena infernal.

La Tlanchana dio un suspiro y fuertemente grito una maldición que a todos los pájaros de la región los hizo volar y a toda la gente las asusto al escuchar aquel lamento y aquella maldición.

Finalmente, la gran sirena con cola de serpiente cayó y expiro.

Amali para asegurarse el cuerpo de aquella bestia se proponía a cercenarlo pedazo por pedazo, pero una luz brillante de aquella bestia emergió, el cuerpo se desvaneció sobre el agua y el espíritu de una bella joven atrapada en una maldición a Amali y a Xolo les agradeció por liberarla de su prisión, finalmente se dirigiría al Mictlán para poder descansar por toda la eternidad.

Amali y Xolo por fin descansaron.

Se acercaron a la orilla de la isla y envueltos en paja y en un tipo capullo a sus compañeros encontraron, Xolo los lambia tratando de despertarlos, pero esto no funcionaba, así que solo sonrió y fuertemente las patas les mordió.

Ahhhhhhhh. Todos gritaron y brincaron del dolor, Amali y Xolo solo se reían.

"¿Pero qué paso?". El Nahual pregunto.

"¿Y la chica?". Pregunto el guerrero águila.

Tlacaélel estaba confundido, pero Amali les conto lo que había pasado, todos reían pues no creían que ellos dos los hubieran salvado, Xocotzin dijo que a él mejor lo hubieran dejado con la hermosa Tlanchana, todos reían mientras en una chinampa nadaban para salir de aquellas aguas.

Ya en la orilla confiados en que estaban a salvo finalmente descansaron, comieron y bebieron, mientras de Amali y Xolo se rieron por su fantasiosa historia. Estos dos con ellos se enojaban y Xolo a manera de broma los mordía para que en las palabras de Amali creyeran.

Fue un buen descanso, pero había que continuar con la misión, pues a primera hora de la mañana el equipo continuo con su ruta de peregrinación.

Siguieron por el rumbo del sureste hasta llegar a un asentamiento Purepecha conocido como Quitupan, el lugar donde se hizo un tratado importante con los tarascos, el equipo no fue muy bienvenido por los bravos habitantes, pero algunos otros fueron amigables proporcionándoles información de un lugar conocido como El Carrizal, donde se decía que había una cueva bajo la tierra muy misteriosa, pues estaba sellada con una enorme piedra que decían que por sí sola se removía a la media noche permitiendo el ingreso a los valientes, intrépidos o pendejos, pues nada bueno ocurría ahí, se decía que estaba protegida por magia negra, que quedabas maldito al entrar ahí, no sabían nada de talismanes, pero de existir, seguramente estarían ahí.

Tlacaélel y su compañía marcharon hacía El Carrizal, ahí levantaron su campamento para esperar a que cayera la noche y esa enorme piedra se pudiera menear. Totahtze decía que si sentía una fuerza misteriosa en ese lugar, Xoloitzcuintle también se veía muy intranquilo, pero no había más que hacer, tenían que esperar y descubrir lo que había ahí, pero Tlacaélel se mantenía motivado pues estos talismanes habían sido forjados en lo más profundo del inframundo, por lo que su magia oscura tendría que ser muy poderosa y llamar tanto la atención.

El equipo se preparó y pasada la media noche el show comenzó.

Poco a poco se escuchó que aquella gran roca se movió, el hedor a muerte se apoderaba del siniestro ambiente, una ligera luz morada parecía provenir de aquella caverna. Tlacaélel sentía miedo y no tenía muchas ganas de entrar, sin embargo, tuvo que ser fuerte y animar a su equipo a ir hacia lo desconocido.

Todos sentían un enorme escalofrió que recorría todo su cuerpo.

Así que haciéndose el fuerte se adentró hacia lo desconocido de esa caverna, Dentro de la cueva se escuchaban susurros que con sus ecos calaban en su interior, su mente les jugaba mal, los escalofríos no desaparecían, pero uno a uno iban caminando adentrándose en el lugar, las antorchas apenas los lograban iluminar en esa inmensa oscuridad.

A lo lejos se veía un hombrecillo encorvado parecía que chillaba, entonces Tlacaélel se acercó a él y con su antorcha lo ilumino para ver si se encontraba bien, pero al darle la luz Tlacaélel se echó hacía atrás asustado y sus compañeros rápido a él lo siguieron, de nuevo agarro valor y a aquel ser alumbro, era un hombrecillo pequeño y calvo, su piel era de un color azul cenizo, su boca y sus ojos estaban cosidos, además en su calva tenía otra cosida y por su cuerpo muchas cicatrices cosidas y sin coser.

"Pero qué diablos es este ser". Pregunto Axayacatl.

Miles de susurros comenzaron a invadir sus mentes, aquella criatura se puso en cuclillas y como si fuera una araña comenzó a trepar por las paredes hasta quedar sobre ellos, donde lentamente giro su cabeza como si fuera a observarlos.

El grupo se espantó y los susurros de nuevo volvieron, Xocotzin acerco su antorcha tratando de quemarlo, pero la criatura con su mano la apago, todos se sorprendieron de lo ocurrido cuando simplemente se soltó, dejándose caer sobre la humanidad del guerrero águila, este solo grito y trato de quitárselo de encima, pero aquel ser se aferraba a su cabeza.

Sus compañeros trataban de espantarlo con el fuego de sus antorchas. Pero esto no parecía funcionar, así que brinco hacia la cabeza de Axayacatl y empezó a gritar que se lo quitaran, de nuevo brinco hacia la cara de Amali y esta grito, corrió como loca, toda escandalosa por toda la caverna esperando a que se lo quitaran, Tlacaélel trato de hacer algo pero no funciono, en lugar de eso a él se le subió, Tlacaélel sin pensarlo contra la pared se estrelló, aquel hombrecillo solo se dolió pero de él no se bajó.

Xocotzin lo agarro fuerte del costillar y tiro y tiro hasta que se soltó.

Al suelo cayó y la criatura de forma cambio, a gatas se puso y de él salió un gran esqueleto, que a su vez con piel se cubrió adoptando la forma de un demonio blanco con dientes muy prominentes, cuernos negros y de su ojo una lagrima de sangre se veía que caía y al guerrero águila atacó con una energía oscura cubierta por un halo morado, el guerrero águila lo esquivo pero a Totahtze lo impacto, el nahual voló y Tlacaélel con su gran macuahuitl lo golpeo, pero este cruzando sus manos detuvo el golpe y con otra esfera de energía a Amali impacto, hacia atrás este ser se echó y nuevamente sus pieles cambio, ensangrentado su rostro parecía ser mitad calavera al revés de la nariz hacía abajo y de la nariz hacía arriba era una cara volteada de una chica con la garganta cortada, nadie entendía lo que pasaba, Xoloitzcuintle solo ladraba y ladraba.

Tlacaélel pregunto a Totahtze si de un nahual se trataba, pero este lo negaba pues su magia era aún más poderosa, este monstruo era otra cosa.

El guerrero águila se aventuró y con una daga trato de perforarle el corazón, pero esta criatura su mano detuvo y con gran fuerza su mano volteo, haciendo que Xocotzin casi por sí solo con su vida acabara, Tlacaélel logro interferir y un guamazo a esta cosa le dio.

De nuevo su forma cambio en una gran estatua de una extraña deidad se volvió, en sus manos a todos tomo y los ojos de aquella estatua pronto de negro con morado brillaron, a otra dimensión a ellos los transportaron, en unas dunas del desierto ahora se encontraban y a lo lejos se veía un gran ejercito Yaki, que se preparaba para la batalla, ninguno entendió que fregados pasaba, de pronto su mundo vueltas dio y en la gran península de California terminaron, las olas chocaban rompiendo suavemente contra la arena y un bello atardecer se veía caer a lo lejos del mar infinito. El grupo estaba confundido, pero a la vez maravillado con el gran momento que estaban viviendo, mientras la cálida brisa mojaba sus cabelleras con delicadeza.

Otra vez todo giro, diferentes personas aparecían y desaparecían, diferentes paisajes al equipo sorprendían, hasta ver el hermoso momento donde la vida se crea y una madre en labor de parto a su hijo da a luz, esta lo acariciaba, lo abraza y lo besaba con gran cariño, Tlacaélel se siente muy conmovido pues piensa que su madre así fue con él antes de partir.

De nuevo todo cambia, ahora están en medio de la nada y una anciana baila una danza enfrente de una fogata, Totahtze se siente atraído y a ella se arrima, de pronto él comienza a aullar y la anciana se comienza a acercar para poner suavemente sus manos sobre su pecho, el nahual en ese momento voltea hacía el cielo, entrando en un trance donde se veía a él mismo convertido en un gran perro lobo enfrente de un lago, se acerca a beber de el, pero se da cuenta lo que el agua refleja, su nariz y su hocico en una calaca se habían convertido, el gran lobo se echa hacia atrás y su realidad se comienza a distorsionar, es como si su piel se comenzara a jalar hasta que de él salieron tres cabezas de lobo, no podía gritar pero no dejaba de aullar, el ambiente cambiaba de color, rojo, morado, verde, blanco y negro, el esqueleto del nahual vibraba.

Sus ojos se llenaron de sangre, su mirada fallo y de rodillas en la realidad en la que se encontraban él cayó. Nadie sabía que paso, pues el trance él solo vivió, de nuevo volvieron a aquella cueva, donde la gran estatua entre sus manos los cobijaba.

El rostro de la estatua de nuevo cambio, en medio apareció la cara de un jaguar y a los lados la cara de un hombre y de una mujer, pero qué diablos paso, se preguntaba el guerrero águila, quien su lanza tomo y con gran fuerza lanzo para atinarle en el ojo a aquel gran jaguar, con esta acción todo mal se tornó, pues de pronto todo comenzó a derrumbarse, parecía que caían a un vacío sin final, hasta que de un porrazo al suelo fueron a dar.

Aquel extraño hombrecillo también cayó y en el suelo se retorcía del dolor, su gran herida que en la cabeza tenía, finalmente se abría y de ella salía una lengua que quien sabe que cosas decía.

Se percataron que la gran roca que a la cueva protegía de nuevo se comenzaba a mover, pero ahora para de nuevo su cueva proteger, sin dudarlo el equipo corrió para salir de ahí, dejando atrás a aquella extraña criatura que en el suelo se dolía y parecía que se desfallecía.

Apenas pudieron salir todos, cuando la gran roca sello la entrada a aquel extraño lugar.

Tlacaélel cuestiono a Totahtze de lo que había sucedido allá adentro, pero este dijo que no recordaba nada que estaba confundido, no sabía lo que allá adentro había vivido.

Tlacaélel y los demás insistían por saber, pero realmente el nahual no supo lo que paso.

De nuevo nada se consiguió.

Tlacaélel comenzaba a desesperarse.

No tenía caso quedarse en el lugar así que empezaron a caminar de nuevo recorriendo aquel sendero.

Pero pronto se vieron envueltos en parajes conocidos, Tlacaélel no deseaba adentrarse más, pues sabía que les iría mal en este lugar.

Pues ya caminaban en las tierras del dominio de los grandes señores tarascos, enemigos mortales que parecían nunca subyugarse en su totalidad, ante el dominio de la gran Tenochtitlán.

Decidieron acampar cercas de un manantial, mientras Tlacaélel trataba de descifrar donde realmente se encontraba el talismán.

Todos opinaban y daban su punto de vista, mientras Tlacaélel su cabeza rascaba pensando hacia donde tenían que marchar.

Xocotzin junto con el mercenario fueron a cazar, Amali junto con Xoloitzcuintle recolectaban granos y plantas, para cayendo la noche todos poder cenar un gran manjar.

Todo prosiguió de acuerdo al plan y cenaron frente al fuego, compartiendo la comida y cuestionando el futuro de esta compañía.

Dentro del equipo había opiniones divididas, unos querían regresar, otros querían seguir adelante, mientras Tlacaélel aún no se decidía y no dejaba de pensar.

Terminando de merendar la comida les cayó de peso y uno a uno los fue tumbando un sueño intenso del que no podían escapar.

Estaban muy lejos de casa y las hordas bravas de los tarascos los rodeaban ya, al parecer no habían sido lo suficientemente cuidadosos al momento de acampar, no tenían salida, se encontraban acorralados, la luna en lo alto ya brillaba, el tecolote a lo lejos cantaba, Xoloitzcuintle fue el primero en sentir la presencia y como loco comenzó a ladrar, todos despertaron alarmados y gran sorpresa se llevaron al verse rodeados.

Los tarascos no planeaban dialogar y al reconocer al equipo pronto comenzaron a luchar.

Totahtze la luna miro, mientras sus ojos cerró y recitando unas extrañas palabras, de hombre a un gran perro-lobo se transformó.

Sus huesos tronaban pues estos se deformaban, un pelo denso su cuerpo cubrió, sus ojos se iluminaban, mientras grandes garras y dientes de él emanaban.

Entre gritos y aullidos Totahtze enfureció y contra el enemigo saltó.

Los tarascos quedaron asombrados con el nahual, pero no se dejaron intimidar, al contrario, con más entusiasmo comenzaron a pelear.

Xocotzin el guerrero águila con valentía cubría el frente, mientras Amali sus flechas envenenadas lanzaba, Axayacatl sus grandes dotes mostraba en la batalla y Tlacaélel por supuesto atrás no se quedaba.

Totahtze enfurecido a los tarascos mordía, mientras con furia con su boca tiraba, mientras los cuerpos del enemigo destrozaba.

Pero pronto una daga le fue enterrada y aquel enorme perro a dos patas se paró mientras a la luna de furia y dolor gritó-aulló.

Sus ojos de rojo a morado se tornaron y endemoniado a la batalla volvió, con sus grandes garras la piel les arrancaba y con sus enormes dientes sus huesos trituraba y pronto en una gran carnicería esta batalla se convirtió.

Impresionados sus compañeros se quedaron, mientras los sobrevivientes por piedad ellos clamaron.

Pero el nahual estaba desenfrenado, hasta que Tlacaélel al frente de él se paró y amenazando con su gran macuahuitl a él clamó detenerse, pues ya era suficiente.

Totahtze no entendió y contra Tlacaélel enfurecido atacó.

Tlacaélel con grandes reflejos su ataque esquivo y de nuevo le comento que ya era suficiente, que debía parar, pues no quería hacerle daño.

El nahual no entendió y contra Tlacaélel arremetió, Tlacaélel se enfadó y a su compañero un buen golpe en la cabeza le metió, la fuerza de Tlacaélel era impresionante y logró confundir a aquel imponente ser, sin embargo, esto no era suficiente para detenerle.

Más aprovechando la confusión, por la espalda con un mecate Xocotzin lo tomó y Axayacatl con un morral la cara del nahual tapó.

Totahtze con gran fuerza luchaba mientras Amali una infusión de hierbas sobre él derramó, Totahtze como gusano se retorció, pronto su transformación perdió y al suelo se desvaneció.

Tlacaélel no podía creer cómo había estado fuera de control.

A sus compañeros ordenó mantenerlo al margen mientras él hablaba con los sobrevivientes, tratando de negociar para que les dieran información del paradero del talismán.

Los tarascos eran duros, pero querían salir vivos de esta, por lo que cooperaron y la información a Tlacaélel le proporcionaron, no sin antes maldecirlo y demostrarle su odio.

Tlacaélel a ellos los liberó y con la mente clara decidió que era momento de seguir y de nuevo volvieron al camino.

La misión continuó, hermosos paisajes recorrieron y a buena gente conocieron, pero no encontraron nada de lo que buscaban.

Tlacaélel decidió que era tiempo de volver.

Axayacatl dice que tiene nueva información, se presume que el último talismán está dentro de las cavernas del gran jaguar.

A Tlacaélel le da nostalgia recordar y además aún se encuentra mal por la pérdida de su papá.

Sin todos los ánimos del mundo junto a su equipo decide partir, en el camino les cuenta a sus compañeros lo que en esa cueva él vivió, sorprendidos todos se llenaron de terror, pues ahí podrían entrar, pero quizá no salir.

Totahtze no se quería arriesgar y él dijo que los esperaría afuera, Xoloizcuintle le gruñó. Pero Tlacaélel aceptó que no se quisiera arriesgar, de hecho, a nadie más quería arriesgar, planeaba entrar él solo y hacerse del talismán, estaba seguro que nada malo le pasaría, pero en cambio a sus compañeros no sabía lo que les depararía o si siquiera con vida saldrían.

Amali quería entrar junto a él, sin importar que la vida le costara, no lo dejaría solo en la batalla.

Xocotzin orgulloso dijo que él también lo seguiría hasta el final, mientras Axayacatl se la pensaba.

Pero Tlacaélel no los iba a dejar entrar, sería mejor que afuera por él esperarán y se encargarán de cuidar la entrada.

Amali en sus ojos veía la gran tristeza y ella trataba de darle cariño y fortaleza, Tlacaélel lo aprecia y le acaricia su cabeza. Así continúan hasta llegar.

Se aproximan al lugar y pronto pueden notar que ahí se encuentran las personas de Kan.

El equipo se detiene y planean una emboscada, sin embargo, aquella gente ya los esperaba y esta táctica no les funcionaba.

Xocotzin fue el primero en brincar a la batalla, pero esta vez la suerte no estaba a su favor y un contrario con una lanza lo atravesó.

El guerrero águila al suelo cayó y sus manos ensangrentadas vio, los temblores se apoderaron de su cuerpo, su mirada se oscureció, su cuerpo pronto se enfriaba, la tristeza de él se apoderaba, para finalmente fallecer.

Sus compañeros no podían creer lo que acababan de ver, gritaron de furia e impotencia y se lanzaron a pelear para su venganza cobrar.

Estos rivales eran muy fuertes, el intercambio de golpes fue fascinante, Tlacaélel lleno de rencor pronto se prendió y una arrastrada les dio, pero no quería ser él, el verdugo que les daría final, quería aprovechar las cuevas y que ellos mismos se fueran a atormentar con lo que verían allá hasta que llegara su final.

Los arrastro hasta la entrada y uno a uno metió, pronto el tormento empezó, los gritos de desesperación se escuchaban en las afueras, un llanto amargo pronto sonó, a sus compañeros el miedo inundó su corazón.

Tlacaélel ordenó recoger a su compañero para después ser sepultado con honor, porque él se lo ganó. Sus manos él tomó y de él tristemente se despidió.

Decidió que era hora de entrar y poder encontrar ese talismán, ahora sí que nadie lo quería acompañar después de lo que acababan de presenciar.

Pero Amali se envalentonó y de la mano lo tomó, Tlacaélel se negó y su mano soltó, pero ella corrió tras de él y a la caverna se adentró, Xoloizcuintle los siguió.

Tlacaélel se molestó, pues no quería perder a nadie más y menos a Amali a quien consideraba alguien muy especial. Sin embargo, ya no había marcha atrás y era mejor que juntos avanzaran.

Pronto la densa niebla llegó y todo oscureció, el perrito los guió por todo el camino.

Esta vez fue un poco raro, pues el corazón ya tenían destrozado y lo que pudieron ver fueron momentos felices de su pasado.

Ambos sonrieron y lloraron, avanzaron por el túnel de la caverna para encontrarse con otra escena.

El destino y la vida por algo los había unido, entre visiones pudieron ver un hermoso nido donde con cánticos bonitos los alegraba un cenzontle. Al lado del árbol donde el pájaro tenía su nido se encontraba un impresionante castillo, donde corrían jugando tres niños.

Eran muy felices y no les faltaba nada, corriendo y riendo se acercaron a ellos y los tomaron de la mano llamándolos "mamá y papá"

Entre lágrimas Tlacaélel se dejó caer, pues una bonita familia fue lo que él siempre anhelo tener.

Amali en su espalda se acurrucó y pronto ella también lloró.

Ninguno lo podía creer, pero pronto la neblina se esfumó y un feroz cazador los atacó.

Este había sobrevivido y se había hecho con el talismán, Tlacaélel no podía creer como había podido pasar al feroz jaguar, pero este nada podía hacer, porque traía amuletos que le daban protección y sus poderes no funcionaban contra él, así que no lo pudo contener en esa forma tan débil que el gran dios había adoptado para enfrentarlo.

Además que este cazador parecía familiar, pues sacaba y mostraba su lengua de una manera muy peculiar.

Tlacaélel lo enfrento y una dura batalla se libró

El enemigo asestaba contra Tlacaélel quien firmemente algunos golpes resistió, mientras otros esquivó.

Con su macuahuitl un duro golpe le atinó y esto lo knockeo, Amali corrió y el talismán le quitó, pero el hombre reaccionó y a ella la atacó, Tlacaélel enfureció y sin piedad arremetió, hasta que con él terminó o por lo menos eso pensó, pues aquel cazador de pieles cambio, entonces ahí Tlacaélel y Amali lo reconocieron, era aquel extraño hombrecillo cambia pieles que en aquella caverna de Quitupan Xocotzin mal herido dejo, ahora tenía sentido por eso él vino a cobrar su venganza y arrebatarle la vida al guerrero que aquel día a él lo lastimo.

Con razón ni siquiera el dios jaguar pudo contenerlo, pues su magia oscura era muy potente eso era más que evidente.

Aquel hombrecillo de nuevo su lengua saco y pronto a Tlacaélel atacó, pero este velozmente con su daga la lengua le arrancó, el hombrecillo se echó para atrás y la cabeza se agarró, Tlacaélel un fuerte golpe con su macuahuitl le dio, desgarrando su piel, las cosidas de su rostro se empezaron a desprender y un montón de ojos comenzaron a salir de él, finalmente su cabeza exploto bañando en sangre morada todo lo que había a su alrededor, aquel peculiar ser se desvaneció en el aire.

Tlacaélel se acercó a Amali y con una dulce mirada preguntó si se encontraba bien, esta con su cabeza asintió y Tlacaélel su frente beso.

lugar. Tomaron el talismán y salieron de aquel

Sus compañeros se asustaron al verlos un poco heridos, pronto les brindaron atención.

La misión se completó. Tezcatlipoca les recordó que el talismán lo debían llevar hasta el punto de reunión, donde junto a sus hermanos este amuleto destruirían.

Totahtze hiso notar que esa valiosa posesión debían guardar, no lo podían traer así nomas, él era el único que cargaba un morral y se ofreció al talismán guardar.

Tlacaélel lo considero sensato y le dio el talismán al nahual para que esté con su vida y su magia lo fuera a cuidar. Esto al perrito no le gusto y pronto ladrando reclamo y a Totahtze quiso morder. Pero Tlacaélel lo abrazó y lo acarició diciendo que todo estaba bien, Totahtze sonrió sínicamente.

Axayacatl en sus brazos tomó los restos de su amigo que pereció y se decidieron a partir de ese lugar para el talismán poder entregar y destruirlo a como diera lugar.

El equipo tomó el camino hacia Tenochtitlán donde se reunirían con los altos mandos y dioses, pero una vez avanzaron Totahtze se desvió, en un gran lobo se transformó y entre los árboles corrió y corrió.

"Traición, traición". Grito Axayacatl.

Tlacaélel no podía creer lo ingenuo que fue, Xoloitzcuintle desde un inicio se los advirtió y nadie lo escuchó.

Amali sacó su arco y flecha a flecha a Totahtze cazó, sin embargo, a pesar de varias flechas atinarle, aquel gran perro seguía corriendo.

Tlacaélel enfurecido apretó el paso y un buen guamaso le metió, haciéndolo volar por los aires, pero cayendo entre los brazos de un imponente ser.

Un hombre alto, de pelo y barba larga y negra como la noche, con una complexión muscular descomunal a lo que se acostumbraba ver por aquel lugar.

El nahual pronto le entregó el talismán, el hombre sonrió y su mano apretó hasta que la quebró, le torció el cuello y al suelo lo aventó.

Aquel nahual ahí vio su trágico final.

No había duda, este hombre era el afamado Kan, él se encontraba solo en ese lugar.

Tlacaélel a él se acercó y con su macuahuitl lo apuntó, Kan su cabeza movió y un poco se estiró para calentar.

Tlacaélel con fuerza arremetió, pero Kan como si nada lo detuvo.

Tlacaélel se sorprendió, y ahora contra su humanidad Kan se dejó ir.

A mano limpia Kan demostraba su poder.

Golpe tras golpe sacudían y debilitaban a Tlacaélel, lejos estaba de ser rival para este monstruoso ser.

Amali sus flechas lanzó, pero él las esquivó y ella con su daga lo atacó, siendo fácilmente derrotada y torturada. Tlacaélel muy mal herido la trato de defender, pero este no le causaba daño a este hombre, en cambio él resultaba cada vez más golpeado.

Axayacatl también lo intento, pero sus ataques fueron en vanos, el poderoso Kan lo tomo y lo comienza a apretar hasta que sus huesos se empiezan a astillar y quebrar. El valiente mercenario comienza a gritar desgarradoramente de dolor.

Tlacaélel saca fuerzas y con sus últimos alientos asesta un golpe con su macuahuitl en la espalda contra Kan, a quien logra herirlo un poco.

Kan se molesta, suelta a Axayacatl y se voltea, fácilmente le quita el macuahuitl a Tlacaélel y con su misma arma arremete contra de él, dándole un fuerte golpe en la cabeza, Tlacaélel pronto ve su sangre brotar de su cabeza, recibió una fatal herida que lo pone entre la vida y la muerte, la vista se le comienza a nublar, se cubre su ojo derecho y se queja de dolor, se balancea en donde está parado y su corazón comienza a palpitar

Tum-Tum.

A una considerable distancia ve a Mictlantecuhtli.

Tum-tum.

Otro palpitar de su corazón.

Su vista se nubla y se aclara viendo al temible Dios de la muerte más cercas de él.

Tum-tum. Su corazón late sin fuerza.

Se escucha a un tecolote cantar...

Tlacaélel se desploma.

Todo se va tornando de negro, la oscuridad se está apoderando de él, a lo lejos escucha lamentos, el frío lo invade y miles de manos oscuras tratan de agarrarlo y llevarlo con ellos, Tlacaélel se pierde en la oscuridad...

Pero Xoloitzcuintle comienza a ladrar y Tlacaélel trata de seguir sus ladridos y la luz comienza a apartar la oscuridad.

Tum- tum.

Su corazón vuelve a latir.

Tum- tum

Su vista se aclara y el poderoso Mictlantecuhtli ya está sobre él.

Los sentimientos se apoderan de él, se paraliza y suda en frio, el miedo lo consume, le provoca un terror que jamás había sentido.

Tum-tum.

Su corazón late de nuevo.

Tlacaélel por fin respira, toma un gran sorbo de aire y todo se vuelve a tornar claro de poco a poco, ve como la oscuridad se comienza a alejar y la luz blanca comienza a llegar.

Tlacaélel balanceándose se presiona la herida, con su último aliento toma de nuevo su arma y valientemente blande de nuevo su macuahuitl, dando un gran golpe en el pecho a Kan, el cual se escucha gritar.

Tlacaélel balanceándose se aleja, pero finalmente cae. Piensa que este será su final.

Un águila que sobrevolaba el campo de batalla se acerca a él y se postra a su lado, se siente reconfortado y aguanta un poco más, mientras ve cómo se acerca enojado Kan.

Lo intenta golpear, pero es interrumpido por una lanza que por poco lo atraviesa.

Se ve llegar a Nenet junto con decenas de guerreros jaguar y águila, quienes venían a apoyar.

Tlacaélel sonríe al ver a su amigo y finalmente se desploma.

Kan cree que no vale la pena pelear, pues ya tiene lo que venía a buscar y rápidamente se va del lugar.

Los guerreros van tras de él, pero no tienen suerte al enfrentar a este impresionante ser.

Vuelven y dan auxilio a sus compañeros mal heridos, los toman y los llevan a la ciudad.

Mictlantecuhtli se llena de cólera por estar tan cercas de arrebatarle la vida a Tlacaélel y no haberlo podido hacer.

Al llegar a la ciudad los heridos son prontamente atendidos, fueron muy difíciles de curar debido a sus heridas. Pero Amali y Axacayatl no tardaron en reaccionar.

Quebrados de huesos y entristecidos del alma, pero vivieron para contarla.

Les esperaba una larga recuperación.

Tlacaélel por otro lado no reaccionaba, dentro de él se libraba una batalla por lo que podía y no ser.

Pero el valiente guerrero no se dejaría vencer, un buen día finalmente los ojos abrió y con sus amigos él se encontró.

Xoloitzcuintle emocionado le lambió toda la cara, todos lo esperaban con ansias y felicidad.

Una vez más recuperado, Nenet finalmente habló con él, estaban felices de volverse a ver.

Se pusieron al día de todo lo que les había pasado, Tlacaélel estaba orgulloso del gran soldado en el que su amigo se había transformado.

Pero a Tlacaélel le atormenta el haber fallado muy feamente en su misión, es como si nada hubiera aprendido, pues todo salió mal.

Él cargaba con toda la culpa de lo que pasó.

Nenet le decía que aún no estaba todo terminado, aún podían pelear para evitar el despertar de esa monstruosidad.

También le dijo que Axacayatl tenía nueva información.

Tlacaélel se la preguntó al mercenario y le dijo que la fecha estelar que los mayas le dieron fue el dos de noviembre, día en que el sol se apagaría y los muertos volverían.

Kan y su gente atravesaron densas selvas llenas de fieras salvajes y unas cuantas alimañas, fueron días de arduo esfuerzo y cansancio, pero finalmente dieron con una impresionante ciudad, que los dejó boquiabiertos con tan solo mirarla, sin duda alguna le pertenecía a los sabios mayas.

Grandes pirámides forradas con una hermosa piedra blanca en la que bellamente el sol se reflejaba, en lo alto un gran observatorio donde los mayas estudiaban los cielos y en el centro un gran templo con la imponente figura de Kukulkán. La ciudad robaba suspiros a Kan y a toda su gente, más desolada parecía estar, pues nadie quería recibir al portador del mal.

Kan no viajó en vano, por lo que recorrió toda la ciudad, maldiciendo todo al pasar, hasta dar con el lugar que se le había profetizado, ahí ya lo estaban esperando, el ejército maya tan ágil como una pluma lo comenzó a atacar, filosas flechas volaban ya, la sangre brotaba, cuerpos atravesados al suelo rodaban.

Pero Kan todos los ataques los veía y los esquivaba, las flechas las detenía con una gran coreografía y luego las rompía, las habilidades de este ser eran descomunales.

Todo esto mientras se habría pasó entre los valientes soldados que caían al suelo muertos, al ser torturados por los increíbles golpes y fuerza de Kan.

Finalmente llegó hasta el hombre indicado, este temblaba de miedo tan solo de mirarlo y ver la atrocidad que acababa de pasar, Kan trató de halagar al buen señor haciendo énfasis en que él y su civilización eran grandes conocedores del manto celestial y de todos los fenómenos que en él ocurrían, no había hombres en esta tierra que se les pudieran comparar, pacíficamente solicitó la información que requería, pero su petición no fue bien recibida y el señor maya a su rostro escupiría.

Kan enfureció, la cara se limpió y del brazo le tomó, apretando con increíble fuerza, uno a uno sus huesos rompió, el dolor fue insoportable, las lágrimas rodaron por su rostro lleno de espanto, mientras el llanto lentamente salía desde lo más profundo de él.

Kan solo sonrió mientras lo miro a los ojos y su brazo poco a poco lo jalo, con una fuerza brutal que tarde que temprano arrancaría dicha extremidad.

El señor maya no quería hablar, pero ya no lo podía soportar, así que su discípulo fue quien hablo para salvar a su mentor.

Kan solo sonrió y al suelo lo tiro, mientras al discípulo se acercó y unas palmadas en su cabeza le dio.

Con eso se despidió, pero la muerte a su paso fue dejando.

A Tlacaélel se le helaba la sangre al escuchar tan fatídica hazaña, mientras recordaba el encuentro que tuvo con él.

Axayacatl también le conto que Nenet y su equipo fueron encomendados a una gran misión y hasta la tierra de los señoríos mayas ellos se dirigieron, más, tarde llegaron y la bella ciudad blanca teñida de rojo la encontraron.

Kan y su gente no tuvieron piedad, lo triste es que no los pudieron alcanzar, siempre llevaban un paso de ventaja.

Abrumados con la brutalidad de la escena Nenet y su gente decidieron volver, pues en este sitio ya no había nada que hacer.

Pero entre las ruinas de aquella ciudad desde el mismo inframundo revividos por el odio y la venganza, aquella buena gente en Kimen habían renacido, hombres muertos que sus decadentes cuerpos levantaban y su venganza ellos buscaban.

Nenet no lo podía creer, eran como zombies vivientes cegados por el odio, que ya por ellos iban sin pensarlo. Nenet comando la batalla contra estas criaturas emergidas de la oscuridad.

Los cortes de la obsidiana parecía no hacerles nada, pronto se vieron rodeados por estos seres que contra ellos se abalanzaban y con sus manos como garras sus carnes sacaban, los guerreros águila juntos espalda con espalda juntaban, hasta que uno pensó y su macuahuitl en fuego prendió, esto a los Kimen los asusto y hacia atrás se echaron, al instante todos los guerreros hicieron lo mismo y replegaron a esta horda de Kimens zombie, quienes a las sombras volvían para protegerse del abrazador fuego.

Nadie entendía lo que ahí había sucedido, pero estaban agradecidos a este extraño suceso haber sobrevivido. Nenet desconcertado eligió irse del lugar, seguido por toda su compañía.

Sin embargo, un mercenario se quiso quedar a investigar y a recolectar información.

Nenet aceptó y ahí lo dejó.

El mercenario era bueno manejando el conocimiento, sabía muchas cosas y no tenía miedo, así que, hacía el nacimiento del agua sagrada él se dirigió.

Al cenote él entró y esa agua cristalina lo transportó al mundo de los muertos, de clara y cristalina a gris y fría, el agua se transformó, fue como si el mundo estuviera al revés, mientras iba cayendo hacia el cielo, de pronto fue acercándose a la luna que se iba tornando de rojo sangre, cayó a ella, la sangre espesa lo atrapa y lo hunde en un lago negro, las almas se le arriman y le tiran zarpadas que desgarran su ser, el grita y parece que se ahoga, hace burbujas cuando le falta el aire y comienza a toser.

De pronto ve volar a un gran cuervo al cual del abdomen le sale una boca y grita infernalmente, a lo lejos ve esqueletos a los que les salen feas serpientes que terminan enroscándose en su cráneo. Xochitonal el monstruo del lago de los muertos acechaba, grandes algas tapaban su vista, la sensación de frio que bajaba desde su cabeza hasta su espalda, esto al valiente mercenario lo hacía temblar, gritos desgarradores ahí abajo se escuchaban, el hedor a muerte sus narices tapaba y desfigurados cadáveres a él se acercaban.

Algunos clamaban ayuda a gritos y otros cuantos desesperados buscaban atacarlo.

Pero él era valiente y fuerte de mente, no se rindió hasta que su misión cumplió, el abismo él cruzo, esquivando peligros, furias, criaturas y maldiciones que en el inframundo habitaban, hasta que al gran sabio maya él encontró y este a él le mostró la masacre que su ciudad vivió, aterrado el mercenario quedo, le contó del presagio que a Kan tanto le interesaba saber, la gran noche sin amanecer venía, también le mostró como el mal y la oscuridad del mundo se apoderarían si ese presagio se cumplía y Kan su acometido cumplía.

Aterrorizado con lo que vio, aquel valiente mercenario estaba listo para salir de ahí, pero no sería nada fácil, pues del inframundo no se podía ir así como así, tenía que perder algo muy preciado para poder salir.

Una mujer alta, flaca se acercó, era una mujer vestida de negro pero con la piel gris y fría como la ceniza, sus ojos no se veían, pues la mitad de su rostro una enorme sombra negra le cubría, su rostro estaba lleno de lágrimas de sangre y una mirada que no se veía pero se sentía penetrante, esta haría temer hasta al más valiente guerrero, ella estaba coronada con un gran penacho de oro y de su cuello colgaban grandes collares de oro y jade.

El frío se apoderaba de él, su corazón latía con rapidez al ver a este tétrico ser.

Entonces otra mujer vestida con telas muy finas, de color negro intenso pero con bordados de colores intensos, un gran sombrero adornado con plumas y flores cubría su cabeza, elegante, catrina y poderosa lucia esta mujer.

El gran mercenario comenzaba a temer, más sabia lo que debía hacer, pero estos tétricos seres le robaban el aliento.

La mujer catrina con gran belleza engalanaba, su rostro mitad humano, mitad calavera al mercenario le hablo, pues ahora se encontraba en sus dominios y si de ellos quería salir, habría que sacrificar lo que a él más le importaba.

El mercenario entonces sacó su mayor posesión para hacerle un buen presente a la diosa y representante de la muerte, dio lo más importante para él, pero también saco de su morral una hermosa flor, exótica y brillante, con unos colores entre naranjas y morados muy despampanantes, con esto él buscaba ganarse su favor y a la misma muerte se la entregó, está solo sonrió y a su espectral compañera está se la paso, la misteriosa mujer pálida con la corona de penacho las manos de su manta saco y en cada una de sus palmas un valioso objeto traía, en una portaba al astro del sol y en la otra con suavidad cargaba a la brillante luna, esta misteriosa criatura su boca abrió, un pestilente hedor de ella salió, ahhh ah ahh de ella se escuchó y su gran lengua saco, primero saboreó su posesión, después sus grandes dientes enseño, como un monstruo hambriento su gran boca abrió, por su vida el mercenario temió, sin pensarlo él grito, hacia atrás él se echó, la criatura sin pensarlo lo devoro, en un halo de sangre él se perdió, miles de manos desde el fondo a él lo agarraban y lo jalaban para que no pudiera salir, pataleaba y nadaba por su vida, era demasiada la adrenalina y la presión que él sentía, pues ya había pagado el precio de sangre que la muerte pedía y su vida de nuevo a él le pertenecía, llantos y gritos por él clamaban, sus pensamientos de él se apoderaban, su cabeza a él lo atormentaba, ya no lo soportaba y poco a poco él se cansaba pero por su vida de nuevo él lo intentaba, su energía se desvanecía, poco a poco su consciencia perdía, él gran guerrero se quebró y por su vida él lloro, hasta que perdió la razón, el feroz y valiente guerrero en un niño se transformó, y sin darse cuenta pronto el portal cruzó, el gran mercenario renació y hacía la cima del cenote él salió.

Aterrorizado, de su rostro el agua cristalina se limpió y dando respiros profundos a la vida volvió.

Salió de ahí y se apresuró a llevar la información.

Tlacaélel cada vez se sentía peor con lo ocurrido, pero aún había tiempo de recuperarse y prepararse para la batalla final y así fue.

Tlacaélel se encontraba triste por todo lo que había pasado, no podía olvidar que todo fue su culpa, pensaba en que su ego se engrandeció y se creyó un dios, pero tan frágil y débil como cualquier otro humano fue.

Pensaba que sus días estaban contados por lo que comenzó a valorar más y más cada momento vivido, cada persona que seguía a su lado y agradecía por esta vida que él tenía.

Un día encontrándose a solas con Amali finalmente le declaro su amor, no podía abandonar este mundo sin antes a ella contarle todo.

Así que Tlacaélel le dijo.

"Desde que te mire, en tus ojos noté ese cariño puro que yo siempre ansié, eres la mujer perfecta con la que siempre soñé, bonita, inteligente y valiente, me duele demasiado pensar que este será nuestro final y nunca juntos podremos estar".

Mientras la veía a los ojos y le daba un tierno beso en su frente.

Con una tierna mirada a ella la acariciaba y con ella se disculpaba al haber perdido el tiempo pues confundido estaba, más, sin embargo, desde que la vio su corazón se estremeció y de aquella bella chica él se enamoró.

A él, ella le correspondió pues a decir verdad lo mismo ella sintió, aunque se sentía acomplejada pues nunca esperaba que alguien como un dios en ella se fijara.

Ahí se encontraban los dos, besándose, acariciándose ante la luna brillante, cuerpo a cuerpo los amantes se entregaban y con una cálida mirada, ellos las estrellas tocaban.

"Mi querida, mi amada".

Ella le decía que no lo quería perder, mientras él la besaba para tratar de consolarla, sabía que el fin era inminente, pero de menos ese instante lo podrían hacer permanente en sus mentes, de estos dos grandes amantes, una mala jugada de la vida que les permitía ser solo instantes.

Ella lloraba y él sus lágrimas secaba.

Los dos tortolos se seguían entregando y se juraron seguirse amando.

El sol apareció y su sonrisa él beso, "te amo más que a nada, mi hermosa mariposa". Él su frente acaricio y suavemente su aroma respiro, mientras él con su mejilla suavemente tocaba la cabellera de seda de su dulce amada.

Por todo el mundo se corrió la noticia de que el final se acercaba, todos temían por sus vidas y otros más no creían.

Tlacaélel y su compañía viajaron señorío tras señorío buscando apoyo, los conflictos políticos por el dominio insaciable del tlatoani por hacerse de grandes tierras, a Tlacaélel y su gente mal parados los dejo, pues muchos enemigos habían hecho y con tan solo al verlo llegar con fiereza lo comenzaban a atacar, él y su gente solo se defendían mientras trataban de hablar, pero muchos señores a ellos los echaban a punta de palo y obsidiana.

Unos cuantos a ellos si escuchaban, pero muchos se negaban a colaborar, pues deseaban tanto ver la caída de la gran Tenochtitlan que no los deseaban apoyar.

Al regresar a la capital, en una noche fría de otoño, la luna ya adornaba los cielos, por las calles desoladas de la ciudad escucharon a una señora lamentarse por sus hijos, sus pobres hijos y lo que les esperaba.

Xoloitzcuintle aullaba y aullaba.

A todos el cuero se les enchinaba, con tan espeluznantes lamento.

El presagio del final Cihuacoatl, mejor conocida como la llorona, ya anunciaba, no solo se escuchó en Tenochtitlán, sino en cada ciudad de toda la tierra.

Aquí el miedo entro en los incrédulos y finalmente cedieron, su ayuda finalmente ofrecieron.

Tristes pero felices las personas vivían su día a día, disfrutando al máximo porque el final cada vez más cercas veían.

Cada soldado comenzó a entrenar pues está no sería cualquier batalla, esta sería la batalla final de la vida contra la muerte...

Finalmente se llegó el día en que todo pasaría.

Grandes altares se levantaron en la ciudad para sus muertos honrar, la gente los recordaba y ofrendas les llevaban, para cuando sus familiares a este mundo cruzaran y a ellos visitaran.

Tlacaélel hizo un gran altar para a sus familiares y conocidos cercanos poder honrar, pozole, tamales, frijoles, molcajetes con salsa y pulque a ellos les ofrecía, junto a objetos preciados que sus antepasados querían.

Finalmente, todas las civilizaciones se unieron, dejaron las diferencias atrás y festejaron el día final, donde los muertos volverían a bajar y a ellos los vendrían a visitar.

Por los cielos Quetzalcóatl imponente se veía volar, Tezcatlipoca los acompañaba ya, mientras Huitzilopochtli se hacía esperar.

Los ejércitos de los diferentes señoríos, reinos e imperios de todo el mundo se encontraban ya unidos en enormes filas en la gran Tenochtitlán, para la batalla final librar.

De pronto el cielo se oscureció, el sol dejó de brillar y la oscuridad comenzó a caer.

Kan apareció en lo alto del templo mayor y conjuros empezó a lanzar para el ritual preparar.

El ejército enemigo rodeó la gran pirámide, los silbatos de la muerte comenzaron a sonar, los cascabeles se hacían retumbar y los tambores no paraban de sonar para la guerra anunciar.

Tarascos, Mixtecos, Purépechas, Chichimecos, Tlaxcaltecas, Mayas, Yakis, Aztecas, entre muchos más.

Dioses y hasta los muertos comenzaron a luchar para acabar con el mal.

En la batalla final ya los dos amantes se encontraban y con el temor de la muerte inminente los dos se besaban con tanta pasión que hasta los dioses pidieron perdón, por tan inclemente destino que al mundo aguardaba y que no dejaba que su historia continuará.

Ella valientemente su mano tomo y espalda con espalda ella puso, valerosa e imponente, digna de una princesa Azteca hasta la muerte junto a su hombre lucharía.

Se escuchaba un gran estruendo, la tierra vibraba con el avanzar del poderoso ejército unido, relámpagos azotaban al campo de batalla, un aire gélido los abrazaba, mientras Tlaloc desde lo alto lloraba y a sus hijos bañaba en sangre, las obsidianas ya chocaban, produciendo chispas que alumbraban al campo de batalla, la pelea entre la vida y la muerte comenzaba...

Las filas se rompían ya, dos grandes ejércitos chocaban en la gran Tenochtitlán, el bien contra el mal, la sangre corría por las fatales heridas de la lluvia de obsidiana que ahí se vivía, personas caían, una gran masacre la que los ojos veían.

Los dioses convertidos en humanos, aun sin sus poderes a causa de los extraños talismanes que el enemigo portaba, valientes y fieros luchaban mano a mano contra los adversarios, decididos a darle final a esta gran locura que años atrás vieron comenzar.

Tlacaélel se adelantaba y la cabeza de Kan buscaba, pero este conjuros lanzaba mientras distintos talismanes juntaba.

Tlacaélel lo interrumpió con los fuertes golpes que tiro, pero este fácil los esquivaría.

Aunque Tlacaélel no lo dejaba concentrar, así que decidió pelear para acabar con esta molestia.

¿A caso está es una burla?

¿Cómo puedes ser tú el salvador del mundo? Jajaja

Eres débil, eres cobarde... Solo mírate estás derrotado.

¿Cómo se atrevieron esos malditos dioses a compararte conmigo?

Ahora mismo terminaré con todas sus esperanzas.

La batalla empezaba, las chispas volaban de la obsidiana que a todo su alrededor chocaba y la sangre los salpicaba.

Se veían frente a frente uno al otro.

Tlacaélel estaba convencido de poder ganar y así remediar su error garrafal.

Entonces comenzó la batalla, donde dos titanes se enfrentaban. Kan queriendo pronto acabar fue el primero en un golpe soltar, Tlacaélel por poco lo logra esquivar, pero la velocidad con la que tiraba era impresionante y lo conectó.

La mandíbula de Tlacaélel se cimbro, pero esto no lo detuvo, porque con un gran golpe con su macuahuitl arremetió y aunque Kan se quitó, la obsidiana su piel desgarro.

Kan se enojó y de nuevo tiro con más poder, volándole los dientes a Tlacaélel.

Este escupió todo lo que le voló y rápido de nuevo su gran arma blandió y ahora si a Kan conectó, su semblante se sacudió, pero con fuerza y furia tomó a Tlacaélel y del suelo lo levantó, con sus manos lo aplastó y el chico de dolor gritó, pero pronto reaccionó y un gran cabezazo le dio.

Kan se dolió y hacia atrás se echó, su cabeza se tocó, mientras Tlacaélel tomó su macuahuitl y un duro golpe le atinó.

Kan también ya sangraba y su hombro se agarraba, mientras los dientes rechinaba.

Tlacaélel confiado de nuevo se acercó, pero un fuerte golpe primero en su abdomen y luego en su cabeza recibió, haciendo que cayera al suelo.

Kan aprovechó y el macuahuitl tomó para acabar de una vez por todas con esta gran molestia.

El macuahuitl venía hacia él con demasiado poder, pero Tlacaélel lo trató de parar, aunque sus manos la obsidiana le cortó, Tlacaélel sentía un gran dolor y veía como con gran fuerza el arma cada vez más se acercaba hacia sus partes blandas.

En eso una flecha atravesó el pecho derecho de Kan, quien se hizo un poco para atrás, pero jamás dejó de hacer fuerza para acabar con Tlacaélel, de nuevo venía otra flecha, pero este la pudo detener con su otra mano.

Amali esta vez falló.

Kan ya estaba muy enojado y tomó el macuahuitl con ambas manos y con una fuerza brutal a Tlacaélel se lo comenzó a encajar.

El chico ya no lo podía detener más, sus manos se habían quedado sin fuerza. De pronto sintió una extraña presencia, era su papá y su mamá que lo venían a ayudar y juntos ese gran mazo comenzaron a empujar para poder a su hijo liberar.

Tlacaélel no puede evitar ponerse sentimental.

Pero esto no iba a bastar, así que viene Tezcatlipoca y demostrando su gran fuerza, todo el poder del panteón azteca retumbaba en sus manos, mientras su vista se nublaba, pero Tlacaélel no se rajaba, el guerrero fuertemente empuñaba su macuahuitl y empujaba con gran furia logrando echar el gran maso hacia atrás.

Kan se jala y a Tezcatlipoca logra impactar sacándolo a volar como si fuera cualquier mortal.

De nuevo una flecha lo vuelve a impactar y Tlacaélel aprovecha la distracción para poderlo atacar junto a su papá.

Pero el temible Kan se comienza a desesperar y con gran fuerza los saca a volar. Caen al suelo muy mal heridos. Kan vuelve a hacer el ritual y grita que lo vayan a cuidar.

Todo el que puede intenta detenerle, pero no logran hacerle frente.

El destino parece ser inevitable, Tlacaélel con lágrimas en los ojos veía la ciudad arder, ve como miles de personas valientes luchaban codo a codo por su tierra y por la vida, como todos habían viajado del sur, del norte, del este y del oeste para apoyar.

Las diferencias atrás habían quedado y se habían convertido en un solo pueblo frente a la adversidad.

Comenzó a recordar la tierra que lo vio nacer y que poco a poco a lo largo de su vida comenzó a recorrer, tierra llena de selvas, bosques, playas, valles, ríos y grandes lagos, por supuesto que no se queden atrás los desiertos áridos, grandes montañas y algunas nevadas.

Tierra de nopales, maíz, maguey, chile, chocolate y aguacates. Tierra de gente trabajadora, gente valiente que jamás se rajaba, gente que no le teme a la muerte y que al contrario año con año con ansias la esperan, tierra bendecida por los dioses donde la aguerrida águila devora a la feroz serpiente.

Tlacaélel se limpia las lágrimas y se sorbe el moco.

Parecía que ya no había nada que hacer, pero de pronto al tecolote se escuchó cantar y a lo lejos en la oscuridad Mictlantecuhtli se dejaba mirar, donde venia para las almas de todos llevar al Mictlán.

Las lágrimas el muchacho se volvió a limpiar, de nuevo al rededor miro y por un momento sonrió, en voz baja dijo adiós y así se despidió casi cuando Kan el ritual terminó.

El muchacho se pensaba sacrificar para a todos salvar y así finalmente eliminar su error garrafal, pues esta era su gran misión que al nacer se le encomendó, finalmente el equilibrio encontró, a todos los pueblos unió y sabía que él tenía que ser su salvador, por esta razón él se encontraba vivo.

Entonces Tlacaélel grito y Mictlantecuhtli lo escuchó y hacia él se dirigió.

Este le dijo que sabía cuánto deseaba su alma y este se la daba, si con esta masacre acababa.

Mictlantecuhtli muchas veces estuvo cerca de hacerse de él, pero siempre había quien lo cuidara o lo salvara. Y esta vez era diferente, no había nadie que pudiera evitar su muerte, por un momento lo dudo, pero era tanto el deseo de su alma poseer, que acepto, su mano apretó.

El dios de la muerte se hizo presente, y con los soldados del enemigo pronto barrió, uno a uno la muerte se los llevo, a él los talismanes no lo afectaban pues es quien en el bajo y oscuro mundo reinaba.

En eso el ritual se completó...

"Y ahora admira como a todo lo que amas y por lo que has luchado les arrebato la vida jaja". Dijo Kan.

"Este es el final y desde las sombras gobernaré, ya no hay nada que puedas hacer... Fracasaste de nuevo Tlacaelel, mírame como asciendo como el nuevo rey de este maldito mundo jajaja".

Finalmente el alma de Kan de su cuerpo se separó y Cipactli por poco la tomó, pero Mictlantecuhtli reclamando sus dominios y lo que a él le pertenece, se dirigió hacia Kan, él se asustaba al ver a la muerte venir por él, pataleaba y gritaba.

¿Qué? No, no puedes... Soy inmune a los poderes de los dioses, no puedes arrebatarme lo que me pertenece, este es mi destino. Kan replico. Pero su alma había dejado atrás su cuerpo mortal y no había nada que lo pudiera parar, finalmente también del alma del indefenso Kan Mictlantecuhtli se hizo,

Mictlantecuhtli con su gran yelmo el alma de los lazos del cuerpo de Kan arrancó, evitando la función con el gran monstruo primigenio. Cipactli un feroz grito echo con una furia de los mil demonios, desatando sobre la tierra una gran masa de energía oscura, pero Mictlantecuhtli sin temor le hizo frente, ahí estos dos grandes señores oscuros se encontraban uno a uno librando una grandiosa batalla, el suelo temblaba, el cielo relampagueaba y todos en la gran Tenochtitlan se asombraban.

Mictlantecuhtli invoco un ejército de soldados muertos, valientes y feroces guerreros esqueleticos que sin pensar atacaron al gran monstruo, este solo gritaba y con gran furia sus cuerpos devoraba, el monstruo respondió inundando la tierra con unas oscuras y densas aguas, el gran monstruo cayó y como pez en el agua ferozmente lucho, uno a uno se libró la grandiosa batalla, los golpes resonaban, el viento resoplaba, los dioses del bajo mundo la batalla final libraban.

Aquel monstruo primigenio demostraba un gran poder. La increíble batalla entre la oscuridad se dio, poderosos golpes en el cielo retumbaban y a todo el inframundo de miedo lo llenaban, dos increíbles seres se enfrentaban, pero al no contar con un alma Cipactli no podía acceder a todo su poder y débilmente peleaba, no fue rival para el señor del Mictlán, quien con un devastador golpe final con su yelmo al gran monstruo desgarró…

Este grito infernalmente, maldijo a todos por no haber podido completar su acometido. Mictlantecuhtli quien con su gran poder poco a poco la sombra de Cipactli desvaneció en el cielo.

El sol como en un hermoso amanecer comienza a brillar, iluminando con una luz hermosa a lo que quedaba de aquella ciudad

Una vez cumplida su palabra Mictlantecuhtli fue arrebatarle finalmente la vida a

Tlacaélel, Amali desgarradoramente gritó y corrió tras de su amor, pero muy tarde llegó, pues el cuerpo de Tlacaélel cayó.

Tum- tum.

La vista se le nublaba.

Tum-tum.

Comienza a faltarle el aire.

Tum-tum.

Ve como Mictlantecuhtli se acerca a él.

Tum-tum.

Su espíritu se desprende de su cuerpo, de pronto el tiempo se volvió lento, poco a poco se empezaba a elevar, a lo lejos a su amada la veía llorar y gritar su nombre con un gran dolor en su pecho, no podía creer que ya no la volvería a ver, su corazón se partía en mil pedazos y entre cánticos y desgarradores gritos, poco a poco se fue alejando...

Tlacaélel está triste en su final, por dejar todo lo vivido atrás, en su mente revive los buenos recuerdos, ríe y llora al verlos.

Ahí se da cuenta que no importa quien seas, lo que has logrado y lo que tengas, al final de cuentas todos vamos al mismo lugar.

Aprecia los momentos que vivió y agradece por haberlos tenido. Se siente satisfecho y agradecido por lo que vivió.

En sus últimos momentos recuerda aquel castillo donde sus hijos jugaban, mientras él a su amada besaba, mientras sus padres de él cuidaban y juntos ese plano dejaban.

Finalmente deja de temerle a la muerte y este la acepta y se abraza a ella.

Mictecacihuatl también lo abraza y siendo la señora de la muerte, finalmente la barrera traspasan.

Tlacaélel trasciende, atraviesa la barrera entre lo físico y lo espiritual.

Donde es ovacionado, Tlacaélel acompañado de Xoloitzcuintle, son recibidos con gloria y júbilo, poderosos gritos despavoridos por el gran guerrero hacen resonar al Mictlán, ahí estaban todas las personas que había conocido, pero que antes que él ya habían partido y así con una entrada triunfa,l Tlacaélel tiene su ascenso al Mictlán.

¿Pero acaso este será su final?...

Así muere este increíble guerrero jaguar, su amada toma su cuerpo y se abraza a él, acaricia su hermosa piel color bronce, mientras llora desgarradoramente sobre él.

En lo alto vuela ya victorioso Quetzalcóatl. Huitzilopochtli, Tezcatlipoca y los dioses del panteón azteca están llenos de júbilo, sus bendiciones esparcen por toda la tierra.

El pueblo unido, celebran por la victoria ante la muerte y la oscuridad.

Y ahí yace el cuerpo inerte de Tlacaélel, pero todo esto no fue en vano, los dioses apremian su sacrificio, concediéndole a él y a su amada una gran descendencia como lo habían soñado, de esta manera tienen un gran legado, que corre por las venas y late en el corazón de bronce de cada mexicano.

GRACIAS.

Te agradezco mucho el tiempo que te tomaste para llegar hasta aquí, espero que esta historia de acción y aventura fuera de tu agrado.

Gracias por apoyar mi pequeño proyecto, sé que es una historia diferente a lo que los tengo acostumbrados, pero quería intentar algo nuevo.

Mi intención con esta historia, desde un inicio fue hacerla un comic, pero el presupuesto no ajustaba para llevarlo a cabo, así que por eso surgió este libro, ojala que mientras fueron leyendo esta historia, se hayan imaginado a los personajes y sus increíbles batallas.

Les agradezco mucho de todo corazón el apoyo que me han brindado siempre.

Se despide su amigo que es solo un escritor y tras sus letras se esconde.

Made in the USA
Columbia, SC
15 February 2025

64fe94f5-60bd-46a5-80d0-4e3f6d203dfdR01